Science Fiction

Science Fiction
Ullstein Buch Nr. 31021
im Verlag Ullstein GmbH,
Frankfurt/M. – Berlin – Wien
Aus dem Amerikanischen
übersetzt von Bettina Eisenächer

Umschlagillustration:
Dell/Göllnitz

Frankfurt/M. – Berlin – Wien
Printed in Germany 1980
Gesamtherstellung:
Mohndruck Graphische Betriebe GmbH,
Gütersloh
ISBN 3 548 310

Dezember 1980

CIP-Kurztitelaufnahme
der Deutschen Bibliothek
Science-fiction-Stories
hrsg. von Walter Spiegl. – Frankfurt/M.,
Berlin, Wien: Ullstein.
NE: Spiegl, Walter [Hrsg.]
85. / Von Steven Utley ...
Zsgest. von Michael Nagula.
[Aus d. Amerikan. übers. von Bettina
Eisenächer]. – 1980.
([Ullstein-Bücher] Ullstein-Buch;
Nr. 31021: Science-fiction)
ISBN 3-548-31021-4
NE: Nagula, Michael [Hrsg.];
Utley, Steven [Mitverf.]

Science-Fiction-Stories 85

von
Steven Utley
Dewey McCulloch
Nicholas Yermakov
Paul Walker
Jor Jennings
Winston A. Howlett
Andrew Ross
Andrew J. Speck

Zusammengestellt
von Michael Nagula

Herausgegeben
von Walter Spiegl

Science Fiction

Inhalt

Steven Utley

PHÖNIX AUS DER ASCHE

Eingehüllt in Fleisch oder zumindest etwas, das wie Fleisch aussah, kam der Tod über den fernen Horizont heran, über die vollkommen glatte Ebene bis zu der Stelle, wo ich auf einem Felsen wie auf einem Thron saß. Der Felsen war der einzige Makel auf der Landoberfläche. An dem schwarzen, vollkommen schwarzen Himmel, sah man keine Sterne, keine Wolken, überhaupt nichts.

Der Tod blieb an meiner Seite stehen. Sein Gewand wogte hin und her, war voller Leben, obwohl kein Luftzug zu spüren war. Die goldenen Schlitze seiner Augen funkelten in den Höhlen seines heiteren, zwitterhaften Gesichts. Der Mund des Todes war eine breite, lippenlose Furche irgendwo unter der leisen Andeutung einer Nase. Der Mund öffnete sich, und der Tod sagte: Wir sind jetzt dem Ende nahe. Du hast das sicherlich bemerkt.

Ja. Das habe ich seit einiger Zeit gewußt.

Bist du bereit, jetzt meine Hand zu nehmen?

Ich sah auf die kräftigen, farblosen Finger des Todes und schüttelte meinen Kopf. Vielleicht in ein paar Minuten. Oder ein paar Stunden.

Was können ein paar Minuten oder Stunden mehr noch ändern?

In der Tat. Was ändern sie?

Der Tod gab einen sanften, lieblichen Laut von sich, der wie ein Seufzen klang, drehte sich halb um und schloß mit einer Handbewegung die konturenlose Ebene, den leeren Himmel ein. Was kannst du noch tun? bedeutete mir die Geste. Ich habe das Universum um dich herum zerstört, nur übriggelassen, was du vor dir siehst. Auch das wird bald verschwunden sein. Was kannst du noch tun?

Du kannst mich nicht berühren, erinnerte ich ihn, bis ich dich darum bitte. Hinter den Augen des Todes loderte etwas auf, Miniaturzwillingssonnen, die zu Novae wurden. Seine Mundwinkel bebten vor Zorn. Ich kann dich mitnehmen, wann immer ich will!

Aber du tust es nicht. Du willst mich nicht haben. Welche Befriedigung würde es dir bringen?

Der Tod stand lange Zeit schweigend und unbeweglich. Dann schüttelte er seinen Kopf, traurig, hilflos, und sagte: Keine. Überhaupt keine Befriedigung.

Es wird nicht lange dauern, sagte ich so freundlich ich konnte. Ich bin müde. Ich will mich ausruhen. Ich habe eine letzte Sache zu erledigen. Hab' Geduld.

Wieder bot er mir seine Hand an. Du hast keine Wahl, sagte der Tod. Überhaupt keine Wahl.

Zu meiner Rechten sah ich einen Lichtschimmer am Horizont. Streifen grauen Lichts durchbohrten die Dunkelheit.

Ich muß jetzt gehen, sagte ich, als ich aufstand.

Warum?

Um es noch einmal zu versuchen. Ich muß es noch einmal versuchen.

Das ist die Sache nicht wert. Ich kann dir jetzt Frieden geben.

Ich verlange nach Wiedergutmachung.

Der Tod ließ seine Hand sinken. Die Maske veränderte sich nicht, aber irgendwie fühlte ich, daß dahinter ein Ausdruck von leicht verbitterter Resignation stand. Du wirst bald zurück sein, rief der Tod mir nach, als ich auf den Rand des Universums zuging.

Ja, rief ich zurück. Da bin ich mir sicher. Bald.

Als ich den Horizont erreichte, diese rasiermesserscharfe Kante der Scheibe, die zu meiner Welt geworden war, hielt ich einen Moment inne, um auf die milchig schimmernde Kugel hinabzusehen, die unter mir in der Dunkelheit lag. Die Kugel wurde uneben, öffnete sich und wurde zu einem Ring aus Licht, der Eingang zu einem Tunnel. Ich schritt vorwärts, hinaus, zurück und fiel darauf zu, in die Hitze, ein Phönix, der in seinen eigenen Scheiterhaufen tauchte, und ich fiel so lange, bis ich, unversehrt und von keiner Flamme berührt, an seinem entfernten Ende wieder auftauchte.

Kühle, geschäftige Finger befestigten die Gurte, als ich wieder zu Bewußtsein kam. Ich lag da und hörte das Brummen der Maschinen, das stumme Schwirren der Ventilatoren, die versuchten, den Gestank von Schweiß und anderen Ausscheidungen – alle von mir – aus dem Raum abzusaugen. Von der

Decke schien blaßrotes Licht durch meine Augenlider. Ich zählte langsam bis zwanzig, dann öffnete ich zitternd meine Augen.

Über mir Gesichter: heitere, zwitterhafte Masken mit goldenen Linsen für die Augen, breiten, unbeweglichen Mündern ohne Lippen; das Gesicht, das meine drei Inquisitoren gemeinsam hatten.

Es waren immer drei von ihnen, von Anfang an. Ob die Menschen hinter den Masken immer dieselben waren, konnte ich nicht sagen. Ich konnte gar nichts von ihnen sagen, konnte sie nicht im Auge behalten, da sie dauernd aus meinem Gesichtsfeld verschwanden, ich konnte nicht wissen, wieviel Zeit ich auf dem Inquisitionstisch zugebracht hatte. Aber jeder von den dreien schien dazu bestimmt, eine festgelegte Rolle zu spielen.

Ich hatte ihnen die Namen der antiken Moiren gegeben.

Atropos, die »Unabwendbare«, hielt sich die meiste Zeit im Hintergrund, sprach niemals, beteiligte sich nie am Geschehen. Dennoch erschien Atropos mir als die bösartigste und furchterregendste von den dreien. Atropos kümmerte es nicht, was ich da auf meinem Tisch sagte oder nicht sagte. Atropos, die den Lebensfaden durchschnitt, wartete nur darauf, daß ich starb.

Lachesis, die »Zuteilerin« des Lebensloses, war diejenige, die die Messer und Nadeln handhabte, die entschied, wo die Elektroden auf meinem Körper zu sitzen hatten, die ganz liebevoll und intelligent den Ablauf der Folter festlegte. Lachesis wollte, daß ich zusammenbrach, um Gnade flehte, mich gegen die unfaire Behandlung wehrte.

Klotho, die »Spinnerin« des Lebensfadens, spielte eine recht sympathische Rolle. Klotho wollte, daß ich nachgebe, alles erzähle, und mich dadurch weiteren Leiden entziehe. Ich war gewillt, Klotho zu gehorchen, und hatte es in der Tat schon fast getan. Aber Klotho wollte mir nicht glauben, da sie von mir außer Lügen nichts erwartete, und ich konnte, da ich darauf trainiert war, außer Lügen nichts zu erzählen, sie oder ihn nicht dazu bringen, mir zu glauben.

Klothos Maske schwebte jetzt genau über meinem Gesicht, ihr Mund küßte fast meinen.

»Du gewinnst nichts«, sagte die Spinnerin flehend, »überhaupt nichts, wenn du uns die Wahrheit verschweigst. Was meine Kollegin hier« – die Maske blickte höflich zu Lachesis – »dir angetan hat, ist nur ein Vorgeschmack dessen, was dir angetan werden *kann.«*

»Kann und *wird,* Verräter«, warf Lachesis ein, »es sei denn, du sagst uns, was wir wissen wollen.«

Klotho nickte feierlich und begann, meine schmutzige Wange mit einer in Samt gehüllten Hand zu streicheln. Es war wohltuend, beruhigend. Das sollte es auch sein.

»Du mußt mir glauben, wenn ich sage, daß meine Kollegin absolut gnadenlos ist. Wir sind bereit, bis zum Äußersten zu gehen, um die Information zu erhalten, die du uns so beharrlich vorenthältst. Uns steht hier wirklich ein eindrucksvolles Arsenal an Inquisitionsmethoden zur Verfügung. Einige davon gehen bis ins Mittelalter zurück.«

Ja, ja. Ich hatte das alles vorher schon gehört: es war die Litanei der Spinnerin; es ist unbeschreiblich, wie oft mir das geschildert worden war, seit sie mich auf diesen Tisch gelegt hatten, aber das meiste kannte ich jetzt schon auswendig. Wir haben eine einfache, aber altehrwürdige Einrichtung, bekannt geworden als Daumenschrauben. Wir können dich auf eine Folterbank legen und deine Arme und deine Beine aus den Gelenken reißen. Wir wissen, wie man neunzig Prozent der Knochen in deinem Körper bricht, ohne dich dabei zu töten. Wir haben erst angefangen, dir zu zeigen, was wir in unserem Inventar der Qualen alles haben. Wir können dich nach und nach umbringen, ganz langsam und genüßlich, und das werden wir tun, wenn du uns dazu zwingst. Wir haben viel Zeit, unendliche Geduld, und wir haben dich.

Ich öffnete meinen Mund. Er schmerzte. »Ich habe –« Meine Stimme klang rauh und fremdartig. Ich bewegte versuchsweise meine Kiefer und fragte mich, was Lachesis während meiner letzten Abwesenheit mit ihnen gemacht hatte. »Ich habe die Wahrheit gesagt. Was ihr wissen müßt.«

Klotho streichelte weiter mein Gesicht. »Alberne Lügen. Wir wollen wissen, was dich wirklich auf die Erde brachte, wie deine Anweisungen lauteten. Was du hier vollbringen wolltest – und wie.«

»Ich kam, euch zu warnen.«

Lachesis erhob eine metallbehandschuhte Hand, um mir das

an ihrem Zeigefinger befestigte Instrument zu zeigen, dann ließ sie sie sinken. Das Instrument kam irgendwo auf meinem Rumpf zu liegen. Ich schrie, wand mich auf dem Tisch, versuchte, meinen Körper dem zu entziehen, weg von der Quelle dieser scharfen, verzehrenden Marter. Ich hätte entfliehen können, indem ich mein Fleisch einfach zurückließ und zu meinem Felsenthron zurückkehrte, aber ich tat es nicht. Ich blieb da. Ich wußte, was mich erwartete, als ich zu diesem Tisch zurückgekehrt war. Also ertrug ich die Qual, bis Lachesis es für richtig hielt, die Hand zurückzuziehen. Der Schmerz brauchte seine Zeit, um zu verschwinden.

»Die Wahrheit«, flüsterte Klotho.

Ich röchelte.

»Die Wahrheit. Ich bin der ... einzige ... Überlebende der Kolonie ... auf Wega IV ...«

Über mir gab Lachesis einen Laut wie eine fauchende Katze von sich.

»Die Kolonie«, fuhr ich fort, »und die Siedlung auf dem größeren Mond waren verschwunden. Zerstört.«

»Ausgelöscht«, murmelte Klotho, »durch eine Invasionsarmada von unbekanntem, aber sicherlich nicht terranischem Ursprung. Das hast du uns erzählt. Jetzt –«

»Es ist *wahr«,* stöhnte ich. Die Spinnerin gab der Zuteilerin ein Zeichen. Ich schloß meine Augen und dachte sehnsüchtig an meinen weit entfernten Felsen, als der Schmerz in meinem Gehirn explodierte, zu heftig, zu plötzlich für mich, um noch fliehen zu können.

»Ihr müßt mir glauben«, gelang es mir zu keuchen, als Lachesis sich entfernte. Die Zuteilerin des Lebensloses hatte mit einem feinen, nadelscharfen Instrument an den empfindlichen Schleimhäuten, die meine Nasenhöhle auskleideten, gearbeitet. Ich schniefte vorsichtig. Es war kein Blut geflossen.

»Du bist ein Spion«, sagte Lachesis barsch.

»Ein ...« Klotho rieb gedankenvoll ihre Metallippen. »Ein Detektiv. Ein S und G. Ein Spion und Geheimdienstler der Regierung der Wegakolonie. Leugnest du das?«

»Nein. Ich habe es selbst gesagt. Vorhin.«

»Leugnest du, daß Wega IV hier auf der Erde Spionage und Geheimdienstaktivitäten betrieben hat, mit dem Ziel der Unterwanderung der Autorität von –«

»Ich leugne es. Ich leugne, daß ich davon etwas weiß.« Ich machte eine Pause, sammelte Atem und Kräfte. »In der Regierung der Wegakolonie gab es eine Separatistenpartei. Ich befragte gerade ein Mitglied dieser Partei, im Dienst und Interesse der Erde, als aus dem Nichts Eindringlinge erschienen und alles dem Erdboden gleichmachten. Die Tatsache, daß ich ... mein Agentendasein hatte nichts mit meinem Herkommen zu tun. Ich war der einzige, der überlebte, der einzige, der kommen konnte. Ich gab mich sofort bei meiner Ankunft als einen Agenten des Weganischen Spionagerings zu erkennen. Vor dem Fall des Planeten. Gebraucht euren Verstand. Wenn ich hierher gekommen wäre, um mich mit subversiven Aktivitäten zu beschäftigen, hätte ich dann zuerst gesagt, daß ich beim WSR beschäftigt bin – war. Ich sage euch, daß der WSR nicht mehr existiert. Die Eindringlinge zerstörten ihn, zusammen mit der Regierung und den Separatisten und allem übrigen.«

Für einen Augenblick begegneten sich die Blicke der beiden Moiren über mir, und in diesem Augenblick dachte ich, daß ich es geschafft hätte. Dann wiederholte Lachesis das Fauchen einer Katze.

»Was hoffst du damit zu erreichen?« Klotho.

»Wen solltest du auf der Erde treffen? Namen!« Lachesis.

»Was war dein Ziel?«

»Die Erde zu warnen. Euch Zeit zu geben, Verteidigungsanlagen vorzubereiten.«

»Lügen.« Monoton, tot, tödlich, die Stimme der Zuteilerin des Lebensloses. »Lügen. Es war keine Armada vorhanden. Du kamst hierher, um bestimmte Leute zu treffen. Du kamst, um dabei zu helfen, die Autorität der Erde zu unterwandern.«

»Die Armada ist Realität. Ihr müßt mir glauben. Wenn die Eindringlinge kommen –«

»Absurd.« Mitleidig, die Stimme der Spinnerin. »Komm jetzt, sei vernünftig. Du weißt, es betrübt mich, dich leiden zu sehen, noch dazu unnötigerweise. Am Ende werden wir die Wahrheit haben. Wir werden sie so oder so bekommen. Bis dahin wird allerdings nicht mehr viel von dir übrig sein. Bedenke, daß wir eine ungeheure Anzahl verschiedener Verhörmethoden zur Verfügung haben. Alte und neue. Die Daumenschrauben, die Folterbank, die Nervennadeln, glühende Zangen, Spanische Stiefel, Seelenspieß. Warum –«

»Ich sage euch die Wahrheit!«

Klotho nickte Lachesis zu, die etwas unter meinen einzigen übriggebliebenen Fingernagel rammte. Ich schrie auf.

»Die Wahrheit«, sagte die Spinnerin.

Ich schluchzte die Wahrheit. Die Invasionsarmada. Fünfhundert oder tausend Schiffe. Herkunft unbekannt. Wega IV leergefegt. Die Mondsiedlung vernichtet. Meine Flucht um Haaresbreite. Die drei Moiren hörten geduldig zu, glaubten mir nichts, die anschmeichelnde Spinnerin, die grausame Zuteilerin des Lebensloses, die ruhige Unabwendbare. Als ich fertig war, war Klothos Samthand wieder auf meinem Gesicht.

»Unser Freund hier«, sagte Klotho zu Lachesis, »will unbedingt nicht nur die Qual körperlicher Verstümmelung erleiden. Vielleicht ist es an der Zeit, den Seelenspieß zu benutzen.«

Lachesis schüttelte seinen oder ihren Kopf. »Laß uns geduldig weitermachen, Schritt für Schritt. Der Spieß wird sein Bewußtsein zerstören, den Körper aber unberührt lassen. Wir brauchen erst das Fleisch auf.«

Ich hörte ein leises Klirren, Metall auf Metall. Lachesis' Stulpenhandschuhe kamen in Sicht. Es war noch eine andere Vorrichtung am Zeigefinger montiert.

»Wie kann ich euch dazu bringen, mir zu glauben?« fragte ich schwach, als Lachesis mich berührte. Niemand hielt es für notwendig, mir zu antworten. Ich fühlte den vorsichtigen Schnitt eines sehr scharfen Gegenstandes, fühlte Haut verschwinden. Als der Ekel in meinem Bewußtsein übermächtig wurde, befreite ich mich vom Fleisch und kehrte zu meinem Felsen unter dem klaren Nachthimmel zurück. Der Tod stand dort, wo ich ihn verlassen hatte. Die goldenen Augen glitzerten hungrig, als ich mich hinsetzte, aber er bot mir keine Hand an. Der Horizont schien entfernter als zuvor. Entfernter und näher. Neben mir lächelte der Tod flüchtig.

Du bist unerträglich eingebildet, sagte ich zu ihm und drehte ihm den Rücken zu.

Ich war vorher schon einmal gefoltert worden, auf Wega IV – wirklich gefoltert, von einem Mann, dem die Ausstattung der Moiren fehlte, nicht aber ihr Eifer, im Gegensatz zu den üblichen Trainingsfoltern. Der Mann hatte mit ein paar glühenden Instrumenten sein Bestes getan. Er wußte, was er zu tun hatte, aber er suchte sich das falsche Objekt: das vorrangige Ziel des WSR-Trainingsprogramms für Geheimdienst- und Spionagepersonal war im allgemeinen die Aneignung eines gewissen Stoizismus. Wenn die Schmerzen stark waren, konnte ich damit leben, wenn sie stärker wurden, konnte ich mich von meinen Nervenenden zurückziehen, bis es wieder besser war, wenn es ganz schlimm wurde, konnte ich es dem antiken Phönix gleichtun – mich selbst sterben lassen. Aber stark oder stärker, ich würde meine Deckung niemals verlassen, niemals die Stellung verraten, niemals meine Meinung sagen.

Der Mann mit dem glühenden Instrument war gerade beim Übergang von stark zu stärker angelangt und plante sicher, bis zum äußersten zu gehen, als mein Hintermann kam und ein Stück seines Gesichts wegschoß. Ungeachtet dieser gerade rechtzeitigen Unterbrechung war selbst dann schon nicht mehr viel von meinem eigenen Gesicht übrig.

Ich verlor die folgenden sechs Monate, vier davon in einer Klinik, wo ich ein neues Gesicht erhielt, zwei für eine zwingende Folgeoperation (in beiden Bedeutungen des Wortes), eine Erholungs- und Rehabilitationsreise zum Gardenspot auf den Südinseln. Führende politische WSR-Agenten sind nun einmal zeitweise arbeitsuntauglich.

Zwei Monate, um sich an ein neues Gesicht zu gewöhnen. Es mißfiel mir fast so sehr wie das erste, das ich hatte. Der Mund war zu schmal, die Haut zu straff über den Wangenknochen und den Schläfen. Im Spiegel sah ich noch gemeiner, verbissener aus, zu sehr, wie ich wirklich war. Ein alter Freund, mit dem ich die WSR-Grundausbildung absolviert hatte, tauchte in Gardenspot auf und fand das neue Gesicht aufregend. Wir erneuerten unsere Freundschaft eine Zeitlang, lang genug, daß beide Parteien feststellen konnten, daß der Rest von mir immer noch derselbe war, nicht aufregender, als er vorher auch gewesen war. Ein neuer Freund, jemand aus Gardenspot, besuchte mich und konnte keinen Unterschied feststellen.

Ich schwamm, lief, hielt mich in Bewegung, gab zur Befriedigung der Fremden, die mich beobachteten, vor, eine schöne Zeit zu verleben. WSR war immer gespannt darauf zu sehen, wie solche Risikounternehmen ihre Agenten beeinflußten. Ich wäre sechs Monate in Gardenspot geblieben, wäre ich Phönix gefolgt. Sterben, auch wenn es nur zeitweilig erfolgt, ist für einen Menschen ungut, ob trainierter Agent oder nicht.

Meistens lese ich die Nachrichtenblätter und versuche herauszufinden, was sich oben im Norden ereignet. Die Separatistenbewegung, die sich vor fast fünfzig Jahren, als die Siedlung autark geworden war, auf Polyphemus, dem größeren Mond von Wega, ausgebreitet hatte, konnte noch immer innerhalb und außerhalb der offiziellen Kreise an Boden gewinnen. Einige Politiker gaben sehr deutlich zu verstehen, daß es für die Wegabewohner in der Tat an der Zeit war, die Schürzenbänder der Erde zu zerschneiden – natürlich friedlich – und im Universum ihren eigenen Weg zu gehen. Einige Privatbürger waren mit dem Tadeln der Kolonialregierung unvorsichtiger geworden. Auch die einheimischen Separatisten hatten ihre zuverlässigen Gönner auf der Erde.

Antiherrschaftsdenken wurde zur Mode.

Ich kämpfte mich durch die Nachrichtenblätter und mußte erkennen, daß die Situation anfing, wirklich außer Kontrolle zu geraten. Die Demonstrationen und Akte von politischem Vandalismus hatten begonnen. WER BRAUCHT DIE ERDE? hatte jemand an eine Wand in New Portland gekritzelt. Die Aufstände begannen gerade. Separatistische Industrielle hatten mit Unterstützung der Kumpel ihre Bergwerke geschlossen. An Bord der *Sothrop,* einem auf dem Mond stationierten, den Terranern gehörenden, von Wegabewohnern bedienten Erzfrachter, war es zu kurzfristigen Meutereien gekommen.

Der geheime Krieg war schon voll im Gang: WSR hatte, aufgrund der Machtbefugnisse, die ihm die terranische Agentenringzentrale verliehen hatte, die Separatisten und ihre Mitläufer seit über vierzig Jahren nicht mehr aus den Augen gelassen; in den letzten vierundzwanzig Monaten jedoch hatte sich der WSR von reiner Überwachung und Kontrolle zu sorgfältig geplanten Skandalen, wohlüberlegter, bösartigster Industriesabotage und gelegentlichen, heimlichen Morden fortentwickelt. Und, wie ich aus eigener Erfahrung wußte, zu einigen blutigen Zusammenstößen mit den Agenten der Separatisten. Der WSR bewegte sich auf einem dünnen Drahtseil, er tat sein Bestes, die Anstrengungen der Separatisten auf Wega IV zu unterwandern und gleichzeitig die Zentrale daran zu hindern, den Terranischen Spionagering die Sache übernehmen zu lassen. Agentenringe innerhalb von Agentenringen. Nichts als Politik.

Endlich war meine Zeit in Gardenspot vorbei. Ich verbrachte eine letzte aufregende Nacht mit meinem neuen Freund, packte meine Koffer und begab mich dankbar zum Flughafen. Ich vergaß den Namen meines Freundes, verdrängte die Details der ganzen letzten zwei Monate, sobald mein Flugzeug startete und mich nach Norden brachte, zurück nach New San Angeles und zum WSR und meiner Arbeit.

Als ich ankam, hatte Naomi Sizemore einen Wagen für mich bereitgestellt.

Naomi Sizemore arbeitete von einem spärlich möblierten Büro im zweiten Stock des WSR-Hauptquartiers in New San Angeles aus. Alles in allem war sie zwanzig Jahre dort; ich sah sie niemals außerhalb dieses Zimmers, und wenn sie jemals zu irgendeiner Zeit aus irgendeinem Grund die zweite Etage verlassen hatte, dann wußte niemand, mit dem ich mich je unterhalten habe, etwas davon. Sie war eine grobknochige, breitschultrige Frau, so dunkel und so hart wie Teakholz. Sie saß wie immer hinter ihrem Schreibtisch, als ich das Büro betrat. Sie sah nicht auf. Über ihren Schreibtisch hatte sie den Inhalt mehrerer Schnellhefter ausgebreitet wie einen Fächer.

»Schön, dich wiederzusehen«, murmelte sie, als ich die Tür schloß.

»Es ist nett, wieder hier zu sein.«

Sizemore grunzte leicht, das Beste, was sie als eine Form des Lachens jemals zustande bringen konnte beziehungsweise zustande gebracht hatte, und schenkte mir ihr Wohlwollen endlich in Gestalt einer genauen Begutachtung. Als sie fertig war, ließ sie ihren Blick wieder zu den Papieren vor ihr schweifen.

»Du siehst ein klein bißchen weniger gräßlich aus als beim letztenmal«, sagte sie. »Ornish zeigte mir ein paar Bilder. Bilder, die gemacht worden sind, nachdem dein Hintermann dich nach Hause gebracht hatte. Scheußlich.«

»Ich habe ihm nicht einmal gedankt.«

Sie sah mich erstaunt an. »Was?«

»Ich konnte meinem Hintermann für sein Erscheinen nicht danken, als er auftauchte.«

»Sei kein sentimentaler Idiot. Er tat seine Pflicht. Und nicht einmal gut. Er hätte zwanzig oder dreißig Minuten früher da sein müssen. Bevor du zum erstenmal geschnitten wurdest.«

Ich dachte an diesen ersten Schnitt und schauderte. Glücklicherweise war Sizemore wieder mit ihren Papieren beschäftigt.

»Jedenfalls«, sagte sie, »verschwende deine Zeit nicht damit, ihn zu suchen. Vor ungefähr acht Wochen folgte er bei einem Einsatz Phönix. Er kam niemals wieder zum Vorschein.«

»Aber . . . warum? Wie?«

»Ist es denn so verdammt wichtig, was er falsch machte?« Sizemore deutete wütend mit ihrem Finger auf mich. »Er brachte alles durcheinander. Er entschied sich für die Phönixroute, als er es nicht hätte tun sollen, er machte es einfach nicht richtig. Und jetzt ist er tot, unwiderruflich tot. Ehrlich gesagt, man wird ihn nicht vermissen. Du und ich und WSR haben wichtigere Dinge zu bedenken.«

»Ja. Natürlich. Ich . . . es ist nur, daß . . .«

Ihre Augen fixierten mein Gesicht. Wie Eisenklauen. Oder glühende Beißzangen.

»Nichts«, schloß ich lahm. »Schon gut!«

Sie blickte mich einen Moment länger an, bevor sie leicht nickte, offensichtlich zufrieden, daß ich kein sentimentaler Idiot sein würde. Sie riß ein Blatt Papier an einer Ecke heraus und ließ es zwischen Daumen und Zeigefinger baumeln. »Also. Du warst noch nie auf Polyphemus.« Es war keine Frage. »Das wird sich schnell ändern. Die Mondsiedlung wird« – ein kaltes Grinsen – »entvölkert. Du hat sicher gehört, daß die Bergarbeiter in Streik getreten sind. Und von der Meuterei an Bord des Erzfrachters *Slothrop.*«

»Ich habe eine Menge Nachrichtenblätter in Gardenspot gelesen.«

Sizemore nickte wieder. »Das habe ich gehört. Gut. Du wirst morgen früh nach Polyphemus gehen. Paula Crist und ihre Freunde waren dort oben schon sehr aktiv.«

Ich fuhr hoch. »Crist? Auf Polyph-«

»Sie schlug dort vor einem Monat ihre Zelte auf. Verschwand aus New Portland, ohne auch nur auf Wiedersehen zu sagen. Ging uns achtundvierzig Stunden aus dem Weg und achtundvierzig Stunden zu früh. Wir hatten noch Pläne für sie.«

Ich dachte nicht daran, danach zu fragen. Ich kannte eine Menge Möglichkeiten, wie WSR-Pläne für Paula Crist aussehen könnten. Nichts so Rohes und Offenkundiges wie eine Gewehrkugel oder Fahrerflucht oder Flugzeugunglück für eine so prominente und freimütige Separatistin wie Paula Crist. Vielleicht ein Herzanfall. Oder ein speziell zubereitetes Mahl: es erstickten immer noch Leute an verdorbenem Essen.

»Woher wußte sie es?« fragte ich. »Von den Plänen?«

Sizemore runzelte die Stirn. »Du hast eine Menge versäumt. Vor elf Tagen mußten wir eine undichte Stelle im WSR-Sicherheitsdienst beseitigen. Na, egal. Crist ist mit ihren Freunden auf Polyphemus, wo wir nicht geringe Probleme haben werden, sie zu fangen. Eine Menge zuverlässige Leibwächter. Einer der einflußreichsten Industriellen, ein Gegner der Erde, auf dem Mond paßt auf sie auf. Mister ›Keinen Zehnten für Terra‹ persönlich.«

»Brian Subotsky.«

»Ja.«

»Und was soll ich tun?«

»Crist muß immer noch umgebracht werden. Wenn du ihren Schutzschirm von Leibwächtern durchdringen kannst – wir arbeiten im Moment daran –, dürfte ihr Tod auf dem Mond uns mehr nützen, als er es hier auf dem Planeten getan hätte. Die Siedlung ist schon in Aufruhr. Die Streiks, die Meuterei auf der *Slothrop.* Regierungstreue fürchten um ihr Leben. Wenn Crist stirbt, und auf eine Weise stirbt, daß erstens« – Sizemore bog einen Finger zurück und zählte ab – »niemand *beweisen* kann, daß wir mit der Sache etwas zu tun haben, und außerdem zweitens von ihren paranoiden Freunden angenommen werden kann, daß wir verantwortlich sind . . . nun, anstatt eine einzige leichtbewaffnete Raumkommandotruppe hinzuschikken, um die Meuterei an Bord eines Erzfrachters zu unterdrükken . . .«

Sie sprach immer leiser und sah mich erwartungsvoll an.

»Der Präsident«, sagte ich, »würde die gesamte Flotte hinschicken, um einen bewaffneten Aufstand niederzuwerfen. Leben und Besitz der Regierungstreuen müßten beschützt werden, der Friede verteidigt.«

»Genau. Auf dem Planeten würde die Öffentlichkeit zu dem

Präsidenten stehen. Ramington und die anderen pazifistischen Separatisten werden durch die Gewalttätigkeit der Aufständischen ruiniert.« Ein kurzes, triumphierendes Grinsen zeigte sich in Sizemores Mundwinkeln. »Die Separatistenbewegung wird zerschmettert, wir haben ein für allemal demonstriert, daß der WSR seinen eigenen Planeten beschützen kann, ohne einen Eingriff des TSR und ... und das wär's dann wahrscheinlich.«

»Und dann ...« Ich verschluckte den Rest der Frage. Und dann, was? Ich war fünf Jahre lang WSR-Agent gewesen. Ein halbes Jahrzehnt Außendienst in den schlimmsten Angelegenheiten der Separatistenbewegung. Der WSR selbst hatte achtundvierzig Jahre existiert. Fast ein halbes Jahrhundert, in dem es gelang, die Kolonie ohne Schwierigkeiten zu führen, zumindest einigermaßen ohne Schwierigkeiten.

Wenn Sizemore recht hatte, wenn Crist starb, wenn alles so kam, wie Sizemore sagte, würde es ... wenn der seit fünfzig Jahren andauernde Geheimkrieg endlich aufhörte ... was dann?

Personalabbau, langsam, aber unerbittlich. Ganze Abteilungen ohne Betätigung. Der Weganische Spionagering aufgelöst, seine Arbeit getan, seine Feinde besiegt, der Zweck, zu dem er geschaffen wurde, erfüllt.

Oder.

Ein ganz neuer Krieg. Mit neuen Feinden.

Und wer würde der Feind sein?

Die Antwort war natürlich (natürlich?): Der Terranische Spionagering. Die anmaßenden Damen und Herren, die nicht akzeptieren konnten, daß der WSR am besten wußte, wie man mit den internen Uneinigkeiten auf Wega fertig wurde.

Die Kluft zwischen den beiden Organisationen hatte sich während der letzten Jahre auf alarmierende Weise vertieft, wie es schien, proportional zur zunehmenden Intensität der Separatistenaktivitäten. Politik. Organisationsinterne Rivalitäten.

Und im Grunde kein bißchen berufsmäßige Eifersucht. Aus Gründen, die nur der Leitung des TSR bekannt waren (Sizemores Lieblingswitz; vielleicht ihr einziger Scherz), gehörte es nicht zum Lehrplan der TSR-Grundausbildung, die Technik des Phönix zu erlernen. Der TSR hatte diese Technik kategorisch abgelehnt, möglicherweise, weil sie es fürs Überleben ihrer Agenten nicht als lebensnotwendig ansahen, oder weil sie es nicht verstehen konnten, vielleicht auch, weil es eine Entwicklung des WSR war.

Was auch immer die Gründe waren, das Ergebnis war, daß der TSR eine Menge Leute verloren hat. Ununterbrochen.

Der WSR hatte einige verloren. Nicht viele und nicht unbedingt die Besten.

WSR gegen TSR also. Es wäre kein Krieg für Agenten im Außendienst, kein Totschlag, keine Folter, keine Gemeinheiten. Zunächst jedenfalls. Es würde zu Hinterhalten auf bürokratischer Ebene reduziert: Überwachung und banale Störaktionen.

Im Kreise.

Nicht mit mir, entschied ich. Ich zog es vor, richtige Widersacher zu bekämpfen.

Ich schüttelte meine WSR-gegen-TSR-Träume ab – es war nicht mehr als das, sagte ich mir, Träume.

»Wann soll Crist sterben?«

Sizemore atmete hörbar ein. »Bald. Bevor die Lage auf Polyphemus ruhig werden kann. Wir werden genau wissen, wann du es tun wirst, nachdem wir herausgefunden haben, wie wir dich an sie heranbringen.«

Mir kam ein anderer Gedanke. »Was wenn ... gibt es irgendeinen Hinweis, daß sie darauf trainiert wurde zu sterben?«

»Nein. Trotzdem eine gute Frage.« Sie wies auf die Papiere auf ihrem Schreibtisch. »Es sind so viele Lücken in unserer Skizze von Paula Crists Leben. Dinge, bei denen ich mich sicherer fühlen würde, wenn ich sie wüßte. Wo war sie, was hat sie getan während der zwei Monate zwischen dem Zwischenfall mit Boyd und ihrem plötzlichen Wiederauftauchen in New Portland im letzten Herbst? Auf der Erde? In einem Versteck in dem Gebäude auf der anderen Straßenseite? Lernte sie die Technik des Phönix auf einem Inselversteck im Süden? Insgesamt sind einunddreißig Monate der letzten sechs Jahre ihres Lebens völlig im Dunkeln. Wohin geht sie? Was tut sie?« Sizemore schnitt eine Grimasse. »Wieso weiß ich, was sie zum Frühstück ißt und was sie im Bett mag, aber nicht, wohin sie verschwand?«

»Spielt das noch eine Rolle«, fragte ich ganz ruhig, »wenn

sie erst einmal tot ist?«

Sizemore zwang sich zu einem Achselzucken. »Nein.« Was bedeutete: Ja. Sizemore konnte Rätsel nicht ausstehen. »Jedenfalls mußt du sicher sein, daß du sie endgültig tötest. Vollkommen. Ohne Warnung. Es sollte ein dreckiger Tod sein.«

»Vielleicht. Phönix oder nicht, es gibt immer noch eine Menge Möglichkeiten, wie eine Person ohne Hoffnung auf Wiederauferstehung sterben kann.«

Du sprachst von Wiedergutmachung, sagte der Tod; er sah mich nicht an, er sah überhaupt nichts Bestimmtes an. Wiedergutmachung wofür?

Du solltest es wissen. Du mußt es wissen.

Ah. Natürlich. Die Leute, die du getötet hast. Der Tod lachte milde. Es war ein melodischer Klang. Ich wurde an das Geräusch erinnert, das man hört, wenn Wasser eine Abflußrinne hinuntersprudelt. Sie sind tot. Jeder stirbt.

Das macht es nicht weniger unschön.

Eine merkwürdige Auffassung für jemanden mit deiner Vergangenheit. Ein Spion. Ein gedungener Mörder. Ein Phönix.

Ich hatte zuviel Zeit, über diese Leute nachzudenken. Sie sind für immer verschwunden. Ihr Leben ist abgeschlossen. Für keinen mehr ein Zurückkommen. Ich nahm ihre Leben, um meiner Pflicht nachzukommen. Und jetzt ist meine Pflicht . . . es ist nichts mehr da, um diese Morde zu rechtfertigen. Die Veranlassung erstarb mit Wega IV.

Wenn du sie nicht getötet hättest, als du es tatest, hätten sich später die Eindringlinge ihrer angenommen. Der Tod zuckte unter seinem Gewand mit den Achseln. Egal wie, es spielt keine Rolle. Alles kommt früher oder später zu einem Ende. Menschenleben, Veranlassungen, Welten. Ich allein bin unumgänglich und ewig. Nicht einmal für einen Phönix, einen, der zehnmal stirbt, hundertmal stirbt, gibt es so etwas wie ewige Wiederauferstehung. Der Phönix wird neunmal oder neunundneunzigmal aufstehen. Aber nie das zehnte Mal. Nie das letzte Mal.

Ich stand auf. Der Horizont war keine Dutzend Schritte entfernt.

Du mußt nicht zurückgehen, murmelte der Tod. Wiedergutmachung ist genauso eine erbärmliche Verblendung wie

Schuld. Oder Pflicht.

Hast du jemals die Geduld verloren? Hattest du jemals das Gefühl, daß du . . . betrogen wirst?

Niemand hat mich je betrogen.

Ich ging weg. Am Rande des Universums blieb ich stehen und sagte über meine Schulter: Wie langweilig das für dich sein muß.

Und dann, zurück zum Inquisitionstisch. Zurück zu den Moiren.

Atropos schwebte wie zuvor im Hintergrund, gerade am Rande meines Gesichtskreises, schattenhaft, unheilverkündend, unheimlich ruhig.

Lachesis ging umher, kontrollierte verschiedene Maschinen, die in einem engen Halbkreis um das Kopfende des Tisches angeordnet waren. An meinem Schädel haftete eine schlangenartige Masse von Drähten und Röhren, eine Medusakrone, die mich mit den Maschinen verband. Als ich vorsichtig hier und da einen Muskel bewegte, erkannte ich, daß die Nervennadeln eingestochen worden waren – es würde eine letzte Runde reinen physischen Schmerzes folgen, um mich für das pièce de résistance, den Seelenspieß, zu zermürben.

Brauche erst das Fleisch auf, hatte Lachesis zu Klotho gesagt.

Und Klotho? Die Spinnerin stand wartend neben dem Tisch. Es kam mir vor, als fühlte sie sich unbehaglich dabei. Die samtverhüllten Hände, die sie wie Klauen gegen ihre Brust hielt, konnten nicht ruhig sein. Die Finger verflochten sich, wanden sich, als seien sie knochenlose Würmer. Ich blickte überrascht und fragend zu Klothos sanft schimmerndem Gesicht auf. Vielleicht verschwitzt und besorgt unter der metallenen Maske? Zitternd und nervös in dem losen, grauen Umhang?

Dann sah Klotho auf mich herab, sah, daß ich wieder erwacht war, und zwang sich, ruhig zu sein.

»Wie kannst du es zulassen, daß dir das angetan wird?« verlangte die Spinnerin zu wissen, indem sie auf die Maschinen zeigte.

Mir gelang ein schwaches Grinsen. »Mir scheint, ich habe keine Wahl.«

»Du kannst dich noch immer retten. Indem du die Wahrheit

sagst. Warum bist du auf der Erde? Wenn solltest du treffen? Was hattest du vor?« Ich sagte nichts. Klotho lehnte sich zu mir herab. »Weißt du nicht, was Nervennadeln anrichten können? Der Seelenspieß? Erspare es dir. Erzähle uns alles über den Separatistenuntergrund auf der Erde.« Ach so.

Ich richtete das Fadenkreuz des Zielfernrohres auf der Brücke auf Paula Crists schmale Nase, holte langsam und tief Luft und hielt den Atem an. Paula Crist, die der Koloniepräsident von Wega offiziell als »mißgeleitet« bezeichnet hatte und inoffiziell als die »einzige wirklich gefährliche Frau auf dem Planeten«, war eine bemerkenswert attraktive Person von einundsechzig Jahren, mit lebhaften Augen, hohen Wangenknochen und sandfarbener Haarpracht. Sie war in ein Gespräch mit keinem anderen als Brian Subotsky vertieft, über dessen Schulter ich zielte. Bevor ich abdrücken konnte, bewegte Paula Crist ihren Kopf, schien in meine Richtung zu sehen und bedachte mich über die Entfernung von einem Kilometer mit einem drolligen Grinsen. Ich verschob das Kreuz um den Bruchteil eines Grades, um ihre Bewegung auszugleichen, und fegte ihren Kopf von ihren Schultern.

Ich stellte den letzten Teller mit Essen, dem Kompott, auf den Tisch, plazierte ihn sorgfältig zwischen Paula Crists Unterarmen. Sie murmelte abwesend ein Dankeschön und lächelte als Antwort auf eine witzige Bemerkung eines ihrer drei Tischgenossen. Im Schatten, in den dunklen Ecken des Speisezimmers, standen stille, stierende Figuren, die allgegenwärtigen Wachhunde, die sich dem Ziel verschrieben haben, Paula Crist vor Schaden zu bewahren. Ich unterdrückte ein Grinsen, als ich den Raum verließ, eine untadelige Imitation eines Kellners. Aus den Augenwinkeln sah ich, wie Paula Crist den Silberlöffel nahm und ihn sehr elegant handhabte. Dann war ich aus dem Zimmer, eilte behende durch die Küche, in das Gäßchen hinter dem Gebäude. Paula Crists Metallwerkzeug mußte in dem Moment in das Kompott getaucht sein, als ich die Tür schloß: es folgte eine laute Explosion, und das Gebäude selbst erzitterte spürbar.

Ich war ein geflüchteter Dichter der Separatisten und Wissenschaftler mit eher bescheidenen Fähigkeiten, und ich wurde auf einer Party in Brian Subotskys stattlichem Haus

Paula Crist vorgestellt. Paula Crist und ich schüttelten uns mechanisch die Hände, tauschten einige Banalitäten aus – Fremde, die höflich zueinander waren. In dem dünnen Schweißfilm auf meiner Handfläche war der Tod. Paula Crist starb, wie auch andere Auserwählte von Brian Subotskys Gästen, innerhalb weniger Tage an etwas, das die Leichenbeschauer irrtümlich als Wurstvergiftung bezeichneten.

Ich saß vor der Kontrollkonsole des Typ-I-Kommandoschiffs TF 861 der Terraflotte und beobachtete, wie die kalten, grauen Augen von Polyphemus auf dem Bildschirm erschienen, an Paula Crists Tod erinnerten, sie und die anderen führenden Figuren der Separatisten an die Rolle als Tote anpaßten; diese Rollen spielten dabei meine letzten Opfer. Sterner, enthauptet von einem Phaserstrahl von einem Kilometer Länge; die Boyds, mit einer manipulierten Wüste in die Luft geflogen; Glendan Beutel und ausgewählte Komplizen, infiziert. Mordzeit.

Ich war zwölfhundert Kilometer von Polyphemus entfernt, segelte genüßlich weiter, ließ mir Zeit. Ich hatte einundzwanzig schlaflose Stunden hinter mir, und ich fühlte mich großartig. Es hatten Einsatzbesprechungen mit Naomi Sizemores Leuten stattgefunden, eine zermürbende Sitzung im biochemischen Laboratorium des WSR, wo ich meine eigens für diesen Zweck erfundene Gestalt annahm, wo ich mich so vollständig von dieser neuen Identität, dieser Lüge, absorbieren ließ, daß mein wahres Ich nicht durch Seelenspieß oder rotglühende Zangen ausgerottet werden konnte. Es wurde ein sehr komplexer Plan erstellt, bis ins Detail ausgearbeitet, dann innerhalb eines Zeitraumes von nur einundzwanzig Stunden in Gang gebracht.

Ich war eine untadelige Imitation eines hochqualifizierten Flottenoffiziers, dank der Injektion von RNA, die von einem wirklichen Offizier ausgesucht wurde, und ich war die einzige Person an Bord eines voll ausgestatteten Flottenkommandoschiffs Typ I: volle Phaserausrüstung; Zusatzantrieb; Überlichtantrieb; ein unheimlich hochentwickeltes Stück Hardware. Auf dem Weg zum Polyphemus, um die TF 801 abzulösen, die sich seit der Niederwerfung der Meuterei auf der *Slothrop* auf einer Umlaufbahn um den Mond befand. Eine Routinewachablösung.

Nur das Wort war gefallen, mit der gewohnten Umsicht des WSR, daß die Besatzung der TF 861 etwas sein könnte, nur könnte ... na ja, was die kriegerischen Separatisten eben mit einer Kommandotruppe machen können, besonders, wenn ein hochqualifizierter Flottenoffizier mitkommt, sie zu leiten. Ein Offizier, von dem es gerüchteweise heißt, er hege gewisse ... Zweifel.

Es hätte funktioniert. Es hätte mir bei den Separatisten einen guten Ruf verschafft und mich infolgedessen meinem Ziel nähergebracht – nicht schnell, aber bald genug. Alles wäre gelaufen wie geplant. Ich wäre sogar überzeugend gestorben, ein Verräter, der seinen Preis bezahlt.

Verdammt noch mal, es hätte *funktioniert!*

Mit seiner charakteristischen Interesselosigkeit für menschliche Angelegenheiten machte mir das Universum einen Strich durch die Rechnung.

Nach genau eintausend Stunden, New Portlander Zeit, 7-11-2293, kam vom Schiffskom der TF 861: »Achtung, an alle Schiffe der Flotte. Alarmzustand gelb. Kreuzer *Frampton* sichtet fünfzehn unbekannte Großkampfschiffe in Sektor dreizehn, acht Grad über der Umlaufbahn, verzögern, von Lichtgeschwindigkeit herunter. Kommen schnell näher. Eintrittspunkt unbekannt. Sektor dreizehn, Einsatz. Vorrücken zum Abfangpunkt, Koordinaten folgen auf Geheimfrequenz. Sektoren elf, zwölf, vierzehn, Einsatzbereitschaft. Sektoren acht bis zehn, Alarmbereitschaft, Positionen beibehalten.«

Gefolgt von: »Sektor dreizehn, voraussichtliche Abfangzeit vier Minuten, acht Sekunden.«

Und dann, knappe viereinhalb Minuten später: »An alle Flottenschiffe, alle Sektoren. Alarmzustand rot. TF 39Q berichtet, daß alle anderen Abfangjäger der Flotte in Sektor dreizehn zerstört sind. Sektoren elf, zwölf, vierzehn, Einsatz, abfangen, Koordinaten folgen. Sektoren acht bis zehn, Einsatzbereitschaft.«

Der Geheimkrieg auf Wega IV zwischen dem Separatistenuntergrund und zwei der terranischen Ringzentrale untergeordneten Spionageringen war zu Ende, unerwartet, vorzeitig, ergebnislos. Dauerhaft. Damals wußte ich es natürlich nicht. Ich dachte nicht darüber nach. Alles, was ich tat, was ich tun konnte, war, nutzlos in meinem Schiff zu sitzen, verspottet von den Buchstaben PROGRAMM FEINDFLUG, die auf meiner Konsole aufleuchteten, unfähig, TF 801 zu begleiten, als es von Polyphemus abdrehte und in den Kampf eingriff, unvorbereitet, an einer Raumschlacht teilzunehmen. Ich war nicht mehr länger eine so untadelige Imitation der Männer und Frauen der Flotte. Die RNA konnte nicht alles. Ich saß da und hörte ungläubig den Berichten zu, die über den Schiffskom hereinkamen.

Die ersten fünfzehn Schiffe, die jenseits des Orbits von Wega V in den Normalraum springen sollten, waren auf halbem Weg zu Wega IV, verlangsamten ihre Geschwindigkeit unglaublich, in einem Maß, das nichts Lebendes hätte überstehen können, als hinter ihnen dreißig identische Schiffe auftauchten, dann noch sechzig, noch hundertzwanzig, sich nach einer geometrischen Reihe vermehrender Wogen von titanischen Kriegsschiffen, ein unaufhaltbarer Keil, der tief in das Wegasystem eindrang. Berserker aus dem Nirgendwo. Roboteindringlinge vielleicht, entsandt von einer unbekannten, ungeahnten fremden Rasse. Oder – genausogut möglich – eine Maschinenarmada, die außer Kontrolle geriet, Schöpfungen, die ihre Schöpfer überlebten und jetzt durch die Galaxis wanderten. Zufällig? In Übereinstimmung mit Programmen, die ihnen vor Millionen von Jahren eingespeist wurden, von Wesen, die schon längst ausgestorben sind?

Das *Warum* war im Moment das Wichtigste an der Sache. Das Universum war launisch. Die Invasionsarmada war uns auf den Fersen. Leute wurden getötet.

Der Schiffskom gab mir einen klaren, knappen Abriß vom Fortschritt der Armada, als sie zwischen beziehungsweise durch die Flotte glitt. Kommandotruppen in Sektor zwölf vernichtet, ein Angreifer durch konzentriertes Traserfeuer beschädigt. Der Kreuzer *Frampton* von einer zweiten Welle einfallender Großkampfschiffe zerstört, ein Angreifer zerstrahlt. Abfangjäger in Sektor vierzehn zerstört.

Die *Maas* und die *Mexico,* Erzfrachter des Terrabundes, wurden knapp zehn Gigameter vor Wega IV überfallen. Sie hatten fast auf Lichtgeschwindigkeit beschleunigt, aber als sie den Eindringlingen frontal gegenüberstanden, waren sie immer noch zu langsam. Zu diesem Zeitpunkt wendete ich mich meiner Konsole zu und druckte aus: PROGRAMM: RADI-

KALES AUSWEICHMANÖVER – ZUSÄTZLICHE RAKETENBESCHLEUNIGUNG, und die TF 861 drehte von der Umlaufbahn ab und entfernte sich von der Bahn der Armada.

Die Verlustmeldungen folgten ohne Unterbrechung.

Kommandotruppen in Sektor elf vernichtet.

Der Kreuzer *Lambert* beschädigt. Notrufe. Stille. Vernichtet.

Sektoren acht bis zehn von Flottenschiffen gesäubert.

Das Wegasystem von Opposition gesäubert.

Dann begann der erste Verband vor dem Antlitz von Wega IV zu schwärmen, raste über die Himmel, stampfte New Portland in Grund und Boden, New San Angeles, New Prussia. Säuberte den Subkontinent New Texas. Der Schiffskom knackste und blieb still.

Die grauen Augen von Polyphemus verschwanden unter einer Wolkendecke, eine Sturmflut aus Rauch und Dunst, hervorgerufen durch ein völlig unkoordiniertes, aber verheerendes Bombardement, als die Zusatzrakete der TF 861 zündete. Ich gab die Erdkoordinaten ein und floh in die Unterregionen von Zeit und Raum.

Konfrontiert mit einer Reise über eine Entfernung von mehr als zwanzig Lichtjahren bis zur Erde, entschloß ich mich, aus den zwei Monaten Standard, während denen ich phasenverschoben zum Normalraum war, das Beste zu machen. Ich hatte als Teil meines WSR-Basistrainings einige Zeit an Bord von Orbitraumschiffen verbracht. Aber vor dem fehlgeschlagenen Polyphemusprojekt hatte ich niemals einen Auftrag, der mich vom Planeten wegführte.

Ich hatte einige Schwierigkeiten, mit der langen Gefangenschaft an Bord der TF 861 fertig zu werden.

Kommandoschiffe des Typs I hatten denselben Aktionsradius wie Schiffe der Frachter-, Kreuzer- oder Großkampfklasse – nahezu unendlich, theoretisch. Unglücklicherweise waren die Kommandoschiffe nie dafür ausgelegt, interstellare Flüge zu absolvieren. Es war also ein ausreichender Nahrungsmittelvorrat an Bord der TF 861, auch andere absolute Notwendigkeiten, aber es gab nichts zu tun. Ich hatte keine Tonbänder. Ich konnte meine Zeit nicht damit zubringen, in den Normalraum hinauszustarren, denn dort war nichts, um darauf zu starren. Und sobald die RNA des Flottenoffiziers abgebaut war, hatte ich keine geliehenen Erinnerungen mehr, die ich sichten konnte.

Ich hielt mich in Bewegung.

Ich dachte über den Schrecken aus dem Nirgendwo nach, der das weganische System zerschmetterte, der die Bedeutungslosigkeit des Loyalisten-kontra-Separatisten-Streits zeigte. Es war eine vollständige Annullierung all dessen, was ich gekannt hatte, wofür ich gekämpft hatte, wogegen ich gekämpft hatte.

Ich schlief viel.

Ich dachte an die verschiedenen Männer und Frauen, die durch meine Hand gestorben waren, bildlich und, in Glendan Beutels Fall, auch real, und erwachte aus Träumen, um mich selbst dabei zu überraschen, wie ich Geistern Entschuldigungen entgegenmurmelte: *Es tut mir leid, daß ich dich umsonst umgebracht habe, es tut mir leid ...*

Als ich nicht mehr schlafen konnte, nutzte ich mein Training aus und zwang mich dazu, mich meinem Bewußtsein zu überlassen. Ich wanderte durch meine eigenen reichhaltigen Landschaften, ein Königreich von Bergen, Flüssen, Waldlandschaften, blauen Himmeln. Die Plätze des Phönix ohne Schmerz, das private Universum zwischen Bewußtsein und Scheiterhaufen. Nach einer Weile bemerkte ich jedoch, daß ich nicht mehr länger allein war. Meine früheren Opfer bevölkerten die Waldpfade, ziellose Leichenwanderungen durch die Dunkelheit. Seltsame Raumschiffe verdunkelten die Himmel. Auch hier war ein Geheimkrieg in Gang. Ich erhaschte Anblicke von Naomi Sizemore, Paula Crist, verschiedenen WSR-, TSR- und Separatistenagenten, die ich auf Wega IV gekannt hatte oder kenne. Jeder versuchte jeden umzubringen; alles erschien ohne Sinn und Verstand. Endlich verließ ich dieses Königreich der Geister.

Die TF 861 tauchte außerhalb der Erdumlaufbahn in den Normalraum ein und verzögerte stundenlang, Zeit, die ich mit starrem Blick auf den Monitor in den Bremsgurten verbrachte. Die Erde war ein bläulicher Fleck einer Welt. Sie sah Wega IV sehr ähnlich. Ich stellte mir vor, daß die Invasionsarmada wie ein Heuschreckenschwarm einfällt und wiederholte im Geiste meine Warnung: Wir müssen bereit sein, eine unberechenbare Kraft ist frei im Universum, wir müssen vorbereitet sein, ihr zu begegnen, sie abzuwenden.

Ein Kreuzer der Heimatflotte verlangte nach Identifikation. Ich antwortete mit der notwendigen Information, erhielt freie Fahrt und wurde von zwei Kommandoschiffen des Typs G zu einem Raumschiff gebracht, das sich in einer Umlaufbahn um die Erde befand. Als ich wieder aus der Entseuchung auftauchte, brachten mich zwei Beamte der Ringzentrale in ein Zimmer, wo ich noch einmal meinen Namen, meinen WSR-Rang und Code angab, eine kurze Beschreibung meiner Flottenuniform und meines Fahrzeugs gab und einen atemlosen und – zum Schluß, ohne Vorwarnung, denn die Schwelle in mir mußte einmal zusammenbrechen – schmerzlichen Bericht vom Tode von Wega IV. Ein mit einer bernsteinfarbenen Flüssigkeit gefülltes Glas wurde mir gebracht, und ich stürzte sie zwischen Schluchzern hinunter. Meine Sehfähigkeit verblaßte; der Drink betäubte. Ich dachte, ich wüßte, warum. Ich blickte auf in die sympathischen, mitfühlenden Gesichter der Beamten. *Du bist ein tapferer und pflichtgetreuer Mensch,* schienen die Gesichter mir zu sagen, *und du hast eine Menge durchgemacht. Ruh dich einen Moment aus. Ruh dich aus.*

Ich wachte auf einem Tisch auf. Jemand in einer Metallmaske schälte gerade meinen ersten Fingernagel ab. Es war eine vollkommene Ungültigkeitserklärung alles bisherigen.

Jeder Nerv in meinem Körper sang sein eigenes Schmerzenslied. Lachesis entfernte gerade die Nadeln, zerrte sie mit einem zornigen Ruck aus meinem Fleisch. Die Unabwendbare hatte sich nicht bewegt.

Ich wandte meine Augen Klothos Maske zu. Die metallenen Gesichtszüge schienen vor Erschöpfung zusammengefallen. Die Stimme der Spinnerin war heiser.

»Es ist eine Tatsache, daß auf Wega IV eine starke Separatistenbewegung existiert. Es ist eine Tatsache, daß Separatistenagenten den WSR infiltriert haben.«

»Existierte«, krächzte ich. »Infiltriert hatten.«

Klotho ignorierte die Unterbrechung. »Es ist eine Tatsache, daß Separatistenagenten und Sympathisanten auf der Erde versuchen, die Autorität der terranischen Ringzentrale zu untergraben. Tatsachen. Die Wahrheit. Keine Armada. Es gibt keine bösartigen Fremdwesen, die innerhalb der Grenzen des

Reichs auf der Lauer liegen. Der Endkampf ereignete sich nie auf Wega IV. Hältst du uns für Narren? Das ist deine letzte Chance . . .«

»Ich . . .«

»Was?« fragte die Spinnerin, ihr Gesicht ganz nah bei meinem. »Mach deinen Mund auf! Sag uns wer, wie, wann. Sag es uns.«

»Es ist vorbei«, sagte ich. »All das. Es ist vorbei. Spielt jetzt keine Rolle mehr. Separatisten. Regierungstreue. Unwichtig. Armada veränderte all das. Veränderte alles.«

»Wir werden jetzt den Seelenspieß benutzen.«

Ich schloß meine Augen, schließlich doch ängstlich. Nicht vor dem Seelenspieß. Wenn ich unter Schutz stand, würde er einfach meine gefälschte Persönlichkeit wegreißen, mein Gehirn in einen zähen Pudding verwandeln, und ich würde in den letzten Zügen liegen, und – ein Verdienst des WSR-Trainings – die Inquisitoren wären genauso schlau wie zuvor. Wie die Dinge standen, würde ich einfach sterben. Ohne Hoffnung auf Wiederauferstehung und in dem Wissen, daß ich versagt hatte, versagt darin, meine Peiniger zu überzeugen, und versagt darin, meinen eigenen Schmerz zu rechtfertigen.

Um dieses zehnte Mal zu sterben. Dieses letzte Mal, für ewig.

Es war, so erkannte ich plötzlich, meine einzige Hoffnung.

»Ich brauche mich nicht damit abzufinden«, sagte ich.

Klotho wich zurück, offensichtlich aufs äußerste überrascht, und blickte Lachesis an, die grunzte und mit den Schultern zuckte und sagte: »Blödsinn. Laß nur, der Spieß wird es für uns aussortieren.«

»Nein.« Das Wort kam mit einem sehr trockenen, aber emphatischen Atemzug aus meiner Kehle. »Ich kann jederzeit sterben, wenn ich will. Ich hätte schon vor langer . . . langer Zeit sterben können. Ich muß nicht hier sein. Ich kann mich selbst sterben lassen.«

Lachesis lachte milde. »Dieses Phönixding des WSR. Dieser Trick mit der Todestrance.«

Klotho nickte und umklammerte meine Kiefer. Samtfinger gruben sich in meine Wange. »Du wirst bald genug sterben, Phönix. Wirklich sterben.«

»Auf meine Art.«

»Versetze dich nur in Trance. Es wird dich nicht retten können.«

»Keine Trance«, zischte ich. »Tod. Wirklicher Tod. Ich *muß* das nicht erleiden. Ich muß mich nicht von euch verletzen lassen. Ich hätte jederzeit Selbstmord begehen können. Ich tat es nicht ... denn ich muß euch davon überzeugen, daß ich die Wahrheit sage.«

Lachesis drehte an einem Knopf. Maschinen dröhnten. Der Seelenspieß begann, sich in mein Bewußtsein zu bohren.

»Hört mir zu«, bat ich, und dann ließ ich mich hinunterfallen wie ein Stein, der ins Meer fiel, fiel vom Licht, fiel in die Schwärze darunter, hinunter zu meinem Ort ohne Schmerzen. Im Nichts warteten der Tod und der Felsen auf mich.

Nun, sagte ich und nahm auf dem Felsen Platz.

Jetzt ist alles vorüber, sagte der Tod unnötigerweise. Meine Arbeit ist fast getan. Deine einsame Landschaft, deine Vorwände, Geister, Schuld, alles ist jetzt verschwunden. Bedeutungslos.

Ich versuchte es trotzdem. Ich versuchte es. Vielleicht hatte ich letzten Endes doch Erfolg. Sie werden ihre Maschine überprüfen, wenn sie keinerlei Resultate bringt. Dann werden sie mich untersuchen. Kein Herzschlag, keine Gehirnwellen. Kein Lebenszeichen. Keine Trance, sagte ich zu ihnen, sondern Tod, wirklicher Tod. Vielleicht werden sie dann glauben. Alles.

Es spielt keine Rolle mehr.

Doch, das tut es. Die Erde steht auf dem Spiel. Sie muß darauf vorbereitet sein, daß die Armada kommt.

Ist das wichtig? fragte der Tod. Hat die Erde mehr Bedeutung als die Dinge, denen du dich auf Wega IV verschrieben hattest?

Ich möchte an etwas glauben. Wenn nicht an die Werte und die Wichtigkeit dessen, was ich, was wir alle auf Wega IV taten, dann eben an das Überleben der Erde.

Aber es spielt immer noch keine Rolle. Ob dein Selbstmord sie überzeugte oder nicht, du wirst es niemals erfahren. Du wirst dich nicht darum kümmern.

Ich schauderte. In der Dunkelheit war es kalt.

Was wirst du jetzt tun? Die Stimme des Todes war leise und beruhigend, die Stimme eines Kindes, das versuchte, aus einer scheuen Berührung eine Umarmung zu machen.

Auf diesem Felsen meinen Scheiterhaufen errichten, antwortete ich und wandte mich meinem Gefährten zu. Der Tod streckte seine Hand aus. Ich begann, sie anzunehmen, hielt inne und sagte: Eine Frau.

Ja?

Wenn alles aufhört zu sein, wenn deine Arbeit getan ist ... was wirst *du* tun?

Der Tod lächelte, gab aber keine Antwort. Unsere Fingerspitzen berührten sich, Hände umklammerten sich, Arme umschlangen sich. Ich wurde vorwärts gezogen und gegen eine Brust gedrückt, die zarter und weicher war als ein Bett aus feinstem Goldstaub. Flammen leckten durch das leere, kalte, kalte, fürchterlich kalte Feuer, das den Phönix verschlang. Ich begann zu schreien: *ICH HABE ANGST.* Ich lebte nicht lange genug.

Ich sog die Luft ein. Es war unangenehm. Es überraschte mich.

Über mir, eine einzelne Maske, heiter und geschlechtslos. Ihre goldenen Augen beobachteten mich gespannt. Ich hatte Schwierigkeiten, den starren Blick zu erwidern. Mein Blick wanderte zu der Lichtquelle an der Decke. Sie schien falsch. Anders. Eine andere Decke.

Ein anderer Raum.

Nach einer Weile gelang es mir, mich auf die Maske zu konzentrieren. Meine Zunge fühlte sich taub an, als ich sprach. »Wer ... ?«

»Ich verstehe nicht«, sagte die Moire.

»Wer ... bist du? Klotho? Lachesis? A-Atropos? Du bist ... Atropos.«

»Wer ist Atropos?«

»Unabwendbare. Die durchschnitt. Den Faden. Des Lebens. Diejenige. Die ...« Meine Hand zitterte schwach, schwerfällig, die Gelenke zeigten ihren Groll. »Dort hinten stand. Im Hintergrund.«

»Ja.« Die Moire nickte. »Das war ich.«

»Ich ...« Ein Schluchzen schnürte mir die Kehle zu, Tränen stiegen mir in die Augen. »Das kann nicht sein ... man hält mich für tot, ich mußte sterben. Du kannst mich nicht zurückbringen, ich mußte sterben. Muß tot sein. Meine einzige Hoffnung, euch glauben zu machen.«

»Du warst tot«, sagte Atropos sanft. »Dolgener und Lette, Klotho und Lachesis, wenn du das lieber hörst, sind ziemlich typische TSR-Leute. Sie haben keine besonders klare Vorstellung von WSR-Methoden und Fähigkeiten. Aber als sie entdeckten, daß du dich wirklich getötet hattest, glaubten sie.«

»Sie glaubten . . .«

Die Unabwendbare zog eine Schulter hoch. »Nicht ganz, natürlich. Genug. Verschiedene Schiffe sind jetzt auf dem Weg zur Wega, einschließlich eines Großkampfschiffes der Flotte, das dort in sechs Tagen Standard eintauchen wird. Es wird weitere zwei Monate dauern, bis Berichte zur Erde zurückkommen. Wenn es etwas zu berichten gibt. Dolgener und Lette sind darauf aus, es herauszufinden.«

»Aber sie glaubten mir.«

»Sie denken, daß du ihnen die Wahrheit gesagt haben könntest, bevor du starbst. Sie werden auf diese Berichte warten.« Eine Nadel glitt in meine Armbeuge. Es schmerzte. »Wenn sich herausstellt, daß deine *deus ex machina*-Armada wirklich das Wegasystem durchdrang und so weiter« – ein sardonischer Ausdruck schlich sich in Atropos' Stimme; ich mochte ihn nicht – »wird die Ringzentrale die notwendigen Schritte einleiten, die Verteidigung der Erde vorbereiten. Und so weiter.«

»Es muß jetzt geschehen«, sagte ich mit schwacher Bestimmtheit. »Die Schiffe können jeden Moment auftauchen. Heute. Sie können jetzt auf dem Weg hierher sein.«

»Oder sie nehmen die andere Richtung. Es spielt keine Rolle. Reg dich nicht auf.« Noch eine Injektion. »Du bist in einer schlechten Verfassung.«

»Aber ihr dürft nichts riskieren!«

»Du riskiertest etwas.«

Ich wollte weiter protestieren, aber etwas anderes, etwas Wichtigeres, fiel mir auf. »Du . . . du brachtest mich zurück.«

»Offensichtlich.«

»Wie? Warum?«

»Wie gewöhnlich.«

»Aber warum? Wer bist du?«

Atropos gab mir noch eine Injektion. »Schlaf ein.«

»Wer bist du?« Ich hob eine Hand mit dem Gedanken, Atropos' Maske herunterzureißen. Beziehungsweise versuchte ich, eine Hand zu heben. Durch meinen Körper stahl sich eine

Benommenheit, ein kühler, heilender Strom wirbelte in meinem Schädel umher. Meine Augen fielen zu. Ich konnte sie nicht offenhalten. Meine Stimme klang träumerisch und weit entfernt. »Du glaubst . . . mir nicht.« Weit, so weit . . .

Als ich meine Augen öffnete, fiel Sonnenlicht durch das Fenster. Der ungewohnte, aber angenehme Duft terranischer Blumen stieg mir in die Nase. Die Decke veränderte ihre Farbe, aus grellem Weiß wurde ein freundliches Pastellgrün, die Farbe strömte an den Wänden hinab. Der Raum sagte: »Guten Tag. Haben Sie gut geschlafen?«

Ich antwortete nicht. Ich lag blinzelnd da, drehte meinen Kopf so gut es ging von einer Seite zur anderen und versuchte herauszufinden, wo ich sein könnte. Offensichtlich in einem Schlafzimmer mit einem riesigen Fenster, das auf eine Terrasse hinausführte. Über dem Steingeländer der Terrasse konnte ich geisterhafte, purpurrote Zähne einer entfernten Bergkette sehen. Ich wollte mich im Bett aufsetzen, um einen besseren Ausblick zu bekommen. Mein Körper zuckte, aber er gehorchte nicht. Ein warmes, prickelndes Gefühl durchströmte mich, und ich erinnerte mich daran, so schon einmal in einer Regenerationsklinik auf Wega IV empfunden zu haben.

»Wo bin ich?« fragte ich den Raum. »Welches Datum?«

Der Raum sagte nichts. In der Wand, die dem Fußende meines Bettes gegenüberlag, schwang eine Tür auf, und ein schlanker, grauhaariger Mann trat ein. Er kam zu mir herüber und schenkte mir ein warmes Lächeln.

»Guten Tag.« Er hatte eine freundliche, ehrliche Stimme. »Ob du es glaubst oder nicht, wir haben uns dieser Tage schon einmal Auge in Auge gegenübergestanden. Du wirst schnell wieder gesund.«

»Wie lange ist es her, seit . . .«

»Dem Tisch? Zwei Wochen und drei Tage.«

»Also noch kein Wort von Wega.«

Der Mann lachte. »Nein, wir warten alle ängstlich auf die schnelle Rückkehr des Großkampfschiffs *Knox*. Und darauf, daß es fürchterliche Nachrichten von der völligen Zerstörung der Kolonie mitbringt.«

»Atropos«, sagte ich. »Du bist Atropos.«

Er hob eine Schulter; wieder dieses halbe Schulterzucken. »Und du bist der Phönix, der wissen wollte, warum ich dich zurückbrachte. Es tut mir leid. Nicht, daß ich dich zurückbrachte, natürlich. Daß ich dich auf diesem Tische verenden ließ. Wir versuchten es zu verhindern, aber die Heimatflotte schrie nach besseren Erklärungen, und die Ringzentrale hörte immer zuerst auf die Heimatflotte. Wer auch immer dieses Kommandoflottenunternehmen plante, er muß verrückt sein. Entsprechend der Natur meiner Verbindung zum TSR mußte ich dabeistehen und zusehen, wie sie dich um die Ecke brachten.«

»Wer bist du, Atropos?«

»Ein Beamter des Terranischen Spionagerings natürlich. Und« – er grinste breit; ich konnte in diesem Mann nicht mehr Atropos, die Unabwendbare, sehen, nicht ohne seine Maske und Gewand und Ruhe – »ein Agent des Weganischen Spionagerings. Wie hätte ich sonst wissen sollen, was zu tun war, um dich zurückzubringen?«

Ich öffnete meinen Mund, um zu reden, wußte aber nichts anderes zu sagen als: Ich verstehe nicht. Die Frage muß offensichtlich gewesen sein.

»Wir müssen den TSR trotzdem bereithalten. Was bedeutet, daß wir so viele unserer Leute wie möglich in Machtpositionen sowohl beim TSR als auch bei der Ringzentrale bringen müssen. Wir haben unsere Sache auch ganz gut gemacht. Zum Beispiel die Sache mit Phönix. Der TSR versteht es nicht, glaubt offiziell nicht einmal daran. Weshalb man Rekruten die elegante Art des Sterbens nicht beibringt.« Wieder Lachen. »Und noch mehr eigene Arbeiten. Der TSR ist jedesmal, wenn er umkehrt, verkrüppelter. Vielleicht kannst du jetzt verstehen, warum TSR-Inquisitoren so bösartige Paranoiker sind.«

»Warum?«

Der Mann blinzelte. »Was meinst du?«

»Warum tun wir, tut ihr das?«

Er runzelte die Stirn und beugte seinen Oberkörper leicht vor. »Ich denke, es ist Zeit, höchste Zeit, daß du deine eigenartige Mission erklärst. Warum schicken sie dich zur Erde?«

»Die Armada.«

»Die was?« Ein schwacher Sprühregen seines Speichels. »Machst du Witze?«

»Was geht hier vor?« Ich fühlte Übelkeit aufsteigen. »Was machst *du* auf der Erde? Gegen die Separatisten arbeiten, den

TSR unterlaufen, was versuchst du auszurichten?« Seine Wangen bekamen hektische rote Flecken, meine Stimme wurde schriller. »In welche Hölle bin ich denn hier geraten? Auf wessen Seite bist du? Wie viele gottverdammte Seiten gibt es?« Ich fing an zu kreischen. Ich konnte vom Bett nicht aufstehen, ich konnte von meinem Nacken abwärts keinen Körperteil bewegen, aber ich drängte ihn vom Bett weg auf die Tür zu mit meinem Gekreisch. »Welchen Unterschied macht das eigentlich? Warum fangt ihr nicht an, gegen WIRKLICHE Feinde zu kämpfen?« Die Tür schlug hinter ihm zu. Die Decke und Wände wurden scheckig und nahmen ein unheilvolles Blau ein.

O Gott. O Gott. Eine frühere Macht anzurufen, soll angeblich so fürchterlich und unerbittlich wie die Invasionsarmada sein. O Jahwe, Zeus, Wodin. Ich dachte an meine lebenslange Faszination von alten Mythologien der Furien, Harpyien, Basilisken. Fallt über den Phönix her, zerreißt ihn, jagt ihn, tötet ihn und zermahlt sein Fleisch zu Pulver, seine Knochen zu Staub, und haltet dies vom Feuer fern. Annulliert meinen Paß für das Land der Lebenden. Holt mich weg von diesem Ort der Schmerzen.

Später, als ich unter einer warmen, gelben Decke lag und aus dem Fenster auf die entfernten Berge sah, tröstete ich mich mit dem Wissen, daß der Bericht von Wega IV, wenn er ankam, auf diese terranischen Intrigen denselben Effekt haben würde, wie es das plötzliche Auftauchen der Armada auf die weganischen Siedlerprobleme gehabt hatte. Sechs Wochen Warten, dann würden sicher die ersten Schiffe, die die verwüstete Kolonie erreicht hatten, schon wieder zurückkommen.

Sechs Wochen.

Während dieser Zeit sich natürlich die WSR-Gruppe, die innerhalb der Mauern des TSR operierte, entschließen konnte, mich loszuwerden, oder der TSR, die Heimatflotte, die eine oder andere Abteilung der terranischen Ringzentrale bemerken könnte, daß ich wieder lebte und mich ausrotten, oder die Separatisten auf der Erde könnten sich für mich interessieren.

Oder, eine ebenso wahrscheinliche Möglichkeit: die Berserker aus dem Nirgendwo könnten durch das Sonnensystem geschossen kommen und die unvorbereitete Flotte wie Vögel in einem Hurrikan beiseite wirbeln, eine weitere Welt in Asche verwandeln und wieder einmal, für einen anderen zufälligen Beobachter als mich, die grundlegende Dürftigkeit allen menschlichen Strebens betonen.

Deus ex machina. Der Gott, der in einem alten Drama aus seiner Schachtel sprang, um mit den Menschen auf der Bühne zu machen, was ihm gefiel. In sechs Wochen konnte alles geschehen.

Im schlimmsten Fall hatte ich die Gewißheit, einen Ort zu kennen, wo ich auf einem schönen Felsen sitzen und meine Probleme einem alten Freund anvertrauen konnte.

Originaltitel: PASSPORT FOR A PHOENIX

Aus GALAXY SCIENCE FICTION April 1977

Dewey McCulloch

BEVÖLKERUNGSEXPLOSION IN LAKE STOVER

1

»Es waren genau acht Tage«, erzählte Sam Russo seiner Frau Mary Sue. Sie nickte, als sie die mit »aktuellen Berichten« vollgestopften Glanzpapierseiten des *Weltbürgers* umblätterte. »Verdammt noch mal, Mary Sue! Hör mir zu. Sie haben diese elende Hundehütte in acht Tagen hingehauen und verkaufen sie nun für dreiundzwanzigtausend Dollar, wetten?« Er kratzte sich am Kopf und spuckte ins Gras.

Mary Sue nahm die Foster Grants von ihrer gebräunten Stirn und betrachtete den Typ auf dem Weltbürger-Starposter. Dann sah sie Sam an, der sechzehn Jahre lang ihr Vorgesetzter gewesen war, und versuchte sich daran zu erinnern, warum sie ihn geheiratet hatte. Wortlos starrte sie auf seinen Bauch, der sich unter dem K-Mart-Fischerhemd wölbte.

»Man könnte glatt die Fenster einspucken«, schnaubte Sam zu dem neuen Haus nebenan.

»Ich weiß nicht«, murmelte Mary Sue. »Es hat einen schönen Aluminiummauerbehang, den wir zum Beispiel nicht haben.« Es müssen an die fünfundzwanzigtausend gewesen sein, die er auf der Bank hatte, dachte sie – obwohl sie über das Haushaltsgeld hinaus niemals mehr als zehn oder fünfzehn Dollar in der Woche zur Verfügung hatte. Geizhals Sam. Nach zwei Jahren Ehe schien das Bankkonto nebensächlich zu sein. Sie betrachtete wieder das Poster.

»Verdammt noch mal, Mary Sue! Hör auf, dir diesen Mist in diesem Magazin anzusehen. Die Nachbarn sollen zur Hölle gehen. Dieses Grundstück ist zu klein für ein Haus.«

Sie warf das Magazin ins Gras. »Und warum hast du dann nicht das Nachbargrundstück gekauft, Sam? Der alte Krammer hat es dir vor allen anderen angeboten.«

Sam runzelte die Stirn.

»Weil du ein Knauser bist, Sam. Ein paar tausend Dollar, und es hätte uns gehören können.«

»Ich dachte, der alte Esel wollte mit mir handeln. Woher sollte ich wissen, daß er sich einfach umdreht und es einem anderen verkauft? Und mach mit diesem ›Knauser‹-Gefasel Schluß. Es gibt einen Unterschied zwischen knauserig und vorsichtig.«

Mary Sue schnitt eine Grimasse und dachte: ich habe einen geizigen und alten Lichtbogenschweißer geheiratet. Sam trank seinen Bierkrug aus und warf ihn ihr zu. Wieder schnitt sie eine Grimasse, schwang ihre langen, braunen Beine aus dem Klubsessel und stolzierte zur Garage, wo Sam einen Kühlschrank mit kaltem Bier installiert hatte. Seine Augen wurden zu Schlitzen, als er den Anblick ihrer bikinibedeckten Rückfront genießen konnte. Es versetzte ihn in angenehme Erregung. Eine wirkliche Schönheit, dachte er, und er war stolz, sie erbeutet zu haben. Aber er traute ihr nicht. Nicht ein bißchen.

Sie kam mit einem frischen Bier zurück, und Sam schnaubte: »Weißt du, daß es fertig ist, dieses sogenannte Haus? Jeden Tag können jetzt irgendwelche Narren einziehen.«

2

Es war eine stickige, feuchte Nacht, und nichts bewegte sich außer Mary Sue, die sich im Schlaf unruhig hin und her wälzte, als sie von frühzeitigen Krähenfüßen im Gesicht, vom vielen Grimassenschneiden für Sam träumte. Er lag neben ihr, unbeweglich wie ein Zaunpfahl, nur seine Oberlippe bebte bei jedem Schnarchen.

Dann glitt der butterfarbene Mond hinter eine Wolke, und ein wehklagender Schrei durchschnitt die Luft. Dünne Lichtbögen zerrissen die Dunkelheit, und das Haus erzitterte von dem Donnerschlag. Mary Sue setzte sich im Bett auf und starrte durch das Fliegenfenster. Es donnerte wieder, und sie hörte dicke Regentropfen, die auf das Blätterwerk fielen. Sie konnte sehen, wie die Äste der Bäume von dem plötzlichen Wind gepeitscht wurden.

Während ein Blitz die Nacht kurz erhellte, hatte sie das Gefühl, noch etwas anderes zu sehen – ein rechteckiges, schwarzes Ding, das über dem neuen Haus in der Luft hing. Dann war es in dem verblassenden Licht verschwunden. Vielleicht hätte sie Sam wecken sollen, überlegte sie sich. Statt dessen preßte sie ihr Gesicht gegen das Fenster und atmete genüßlich den frischen Duft von Wind und Regen ein.

3

Seit er mit Mary verheiratet war, kam Sam zum Mittagessen immer nach Hause. Heute bemerkte er, daß das Grundstück um das neue Haus mit Gras bewachsen war. Gestern noch war es mit übriggebliebenem Baumaterial, Lehm und einer Menge Trümmer bedeckt. Jetzt – Gras. Sam schnaubte und stürzte ins Haus.

Als Mary Sue ihn zum Essen rief, fand sie ihn am Schlafzimmerfenster, wo er durch die Vorhänge starrte. »Sam, was machst du da?«

»Ich betrachte mir diesen Burschen dort drüben. Er sieht wie so ein verdammter Injun aus.«

Dieser gewisse Mann hatte tintenblaues Haar, rote Haut und hohe Wangenknochen; er pflanzte sorgsam kleine Bäumchen entlang den Seiten des neuen Hauses. Sam sah auch, daß er jung war, recht kräftig aussah und wohl das war, was Mary Sue als gutaussehend bezeichnete.

»Sein Name ist Golby Bearhunken«, sagte sie.

Sam drehte sich um. »Wie?«

»Golby Bearhunken . . . und er sagt, er wird hier wohnen.«

»Sagt Golby Bearhunken? Hör mal, du hast mit diesem vergammelten Injun gesprochen?« verlangte Sam zu wissen.

»Nur, um ihm mal kurz einen guten Tag zu wünschen, er war im Vorgarten und –«

»Verdammt noch mal, Weib! Du sollst nicht mit Fremden reden. Hat er eine Frau?«

»Ich glaube nicht.«

»Verdammt.« Sam verschlang mißmutig sein Mittagessen. Der Gedanke, daß ein hübscher, indianischer Junggeselle nebenan lebte, bereitete ihm Unbehagen. Er blickte Mary Sue wütend an und fragte: »Hast du gesehen, wie sie das Gras gesät haben?«

Sie runzelte die Stirn. »Ich glaube nicht, daß jemand Gras

gesät hat. Ich glaube . . . ich glaube, es ist einfach dort gewachsen.«

»Mach dich nicht lächerlich«, tadelte Sam sie, während er seinen Kaffee hinunterstürzte; dann polterte er aus dem Haus.

Vom Büro aus rief er sie an und befahl ihr, im Haus zu bleiben. In dieser Nacht wuchsen Blumen vor Bearhunkens Haus. »Plastik«, schnaubte Sam.

4

Kaum zwei Minuten nach dem Anruf mit der Beschwerde fuhren Sheriff Lucas Stone und Deputy Otto Hall los. Als Sam sie sah, ließ er die Schrotflinte fallen. Sie krachte auf die Einfahrt.

Es war der vierte Tag, nachdem Golby Bearhunken aufgetaucht war. Sam war zum Mittagessen nach Hause gekommen und hatte entdeckt, daß im Vorgarten des neuen Hauses kleine Bäume wuchsen, die sich unter der Last seltsamer, purpurroter Früchte beugten. Es war auch der Tag, an dem er Mary Sue nicht finden konnte. Er hatte das Haus durchsucht und war dann in den Garten hinterm Haus gegangen, wo ihn ein fürchterlicher Gedanke durchzuckte. Wütend ging er zu Bearhunken hinüber und klopfte heftig an die Tür.

»Haben Sie meine Frau gesehen?« schrie er.

Bearhunkens blendend weiße Zähne strahlten beim Grinsen, seine dunklen Augen tanzten. »Sie haben keine Frau.«

»Was – was sagen Sie da?«

»Sie haben keine Frau.«

»Wieso, was zur Hölle meinen Sie damit?« Sam rüttelte heftig an der Drahtgazetür. Sie war verschlossen. »Sie haben ihr etwas angetan – ich bringe Sie um, Sie . . .« Er begann gegen die Tür zu treten.

Golby öffnete sie und versetzte Sam gleichzeitig einen gezielten Kinnhaken. Von seinem Sitzplatz auf dem Pflaster aus blickte dieser wütend auf und erspähte Mary Sues gebräuntes Gesicht hinter dem immer noch grinsenden Golby.

»Sie ist jetzt meine Frau«, sagte Golby.

»Mary Sue, was zur Hölle machst du hier drüben?«

»Golby bringt mir einige wirklich nette Dinge bei«, platzte sie heraus. Offensichtlich war ihr das ganze etwas unangenehm. »Ich werde von jetzt an hier leben, Sam. Bitte geh weg.«

»Ich bringe euch alle beide um!« tobte Sam, seine Augen glühten.

Wenige Minuten später war er zurück, bombardierte das Haus mit Rehposten und brüllte, sie sollten herauskommen. Er trat nach den Türen und schoß auf die Fenster. Sein Ärger war vollkommen, als weder die Fenster zerbrachen noch der Aluminiummauerbehang verbeult wurde. Er sprang hin und her wie ein wildgewordener Bär und versuchte, mit bloßen Händen die Regenrinne von der Ecke des Hauses zu reißen.

Danach wurde Sam in ein Privatsanatorium bei Detroit gebracht. Er mochte den Ort nicht. Sie versorgten ihn regelmäßig mit seltsamen Pillen und stellten ihm dämliche Fragen. Er erzählte ihnen von Golby Bearhunken und den merkwürdigen Obstbäumen. Und von Mary Sue. Die Ärzte schüttelten ihre Köpfe und bestätigten, daß Sam unter einer Psychose litt.

Später, als er die Geschichte mit den Obstbäumen aufgab, machte er gute Fortschritte auf dem Wege der Besserung.

5

Die Hauseigentümer kamen von Detroit. Harold Krammer – ein wackliger, kleiner Mann im grauen Anzug – ging zur Veranda hinauf. Neben ihm keuchte seine etwas schwerfälligere Frau; winzige Tränen rollten über ihre Wangen.

»Harold, in unserem Haus hat jemand gewohnt . . .«

Golby öffnete die Tür und lächelte.

»Sie, könnten Sie mir das hier bitte etwas näher erläutern?« fragte Harold. Golby zog die Augenbrauen hoch. »Sie, nun ja . . . Sie scheinen in unserem Haus zu wohnen«, sagte Harold.

»Oh, nein, das ist nicht möglich«, erwiderte Golby. »Das ist mein Haus.«

»Aber, aber . . .« Harold sah nach den Nummern an den Hauswänden, holte tief Luft und räusperte sich. »Nun sehen Sie, wir haben in einem Vertrag festgelegt, daß wir dieses Haus gebaut haben. Wir haben Unterlagen, die das beweisen.«

»Unmöglich. Das Land ist mir zugewiesen und gehört jetzt mir«, sagte Golby und schloß die Tür.

Harold schluckte schwer. Seine Frau wischte sich mit einem parfümierten Taschentuch die Augen. »Zugewiesenes Land«, flüsterte Harold. Es klang verwirrt.

6

Am nächsten Tag kam der Unternehmer vorbei. Er war ein großer, sonnengebräunter Mann und von Natur aus wesentlich aggressiver als sein Klient Harold Krammer.

»Okay, Genosse«, sagte er, als Golby die Tür öffnete, »du hast fünf Minuten, um dieses Haus zu verlassen.« Er blickte über Golbys Schulter hinweg. »Verdammt«, fuhr er fort, »du hast nicht einmal Möbel, du Gammler.«

Aber Golby hatte die Tür geschlossen. Der Unternehmer dachte nur kurz daran, ihn herauszuholen, dann stieg er in seinen Lieferwagen und brauste davon. Der Sheriff würde das schon machen. Siedler ohne Genehmigung konnten ihn nicht aufregen. Er war allerdings etwas verwirrt von dem seltsamen Anblick, den die Obstbäume im Vorgarten boten.

7

»Ich weiß nicht, wie du heißt, Kamerad«, knurrte Stone durch die Drahtgazetür, »aber ich habe einen Räumungsbefehl für einen John Doe unter dieser Adresse hier, und du siehst ihm verdammt ähnlich.«

»Ich vermute, ich habe es mit den Herrn Gesetzeshütern zu tun«, sagte Golby, als er Stones lohfarbene Uniform und die farbenprächtigen Schulterstücke sah.

Deputy Hall kicherte und rieb seine rote Hakennase an seinem Ärmel.

»Vermute, was du willst, solange du es außerhalb dieses Hauses tust«, sagte er.

»Und wer sind Sie?« Golby wandte sich dem Deputy zu.

»Hey.« Hall wurde ärgerlich. »Was war denn das? War das

nicht Beamtenbeleidigung oder so etwas?« fragte er Stone.

»Komm da raus!« befahl Stone nur.

»Aber das ist jetzt mein Zuhause.«

»Jetzt hör zu, du Radaubruder.« Der Sheriff öffnete die Klappe der Pistolentasche über dem Kolben. »Du kommst besser jetzt sofort dort heraus.«

Golby schloß statt dessen die Tür.

»Verdammt«, grollte Stone, während er auf der Veranda umherstapfte. Hall bekam seine Pistolentasche endlich auch auf und schrie nervös: »Was nun? Was nun?«

»Na los«, bellte Stone, während er von der Veranda wegging. Sie blieben im Vorgarten stehen, um die ordentliche Reihe der seltsamen Obstbäume zu untersuchen, an deren kurzen Zweigen purpurrote Früchte hingen.

»Das ist das merkwürdigste Zeug, das ich je gesehen habe«, sagte Hall.

»Ja«, stimmte Stone ihm zu. »Könnte eine orientalische Frucht sein.«

»Granatäpfel«, sagte Hall.

Stone streckte seinen Arm aus, um einen zu pflücken.

»Hey, du wirst das doch nicht essen wollen –«

»Ich könnte schwören, daß du manchmal nicht so ganz richtig im Kopf bist«, erwiderte der Sheriff. »Natürlich werde ich das Zeug nicht essen. Es könnte ein Beweis sein.«

»Hmp«, schnaubte Hall, »ich wüßte nicht, wofür.«

Wie dem auch war, sie konnten die Frucht erst gar nicht vom Baum losbekommen. Endlich stolzierten die beiden Männer mit leeren Händen zu ihrem staubigen Wagen und kletterten hinein.

»Was nun?« fragte Hall. »Werden wir sie erledigen?«

Stone runzelte ungeduldig die Stirn. »Das da drin sind nicht unbedingt Bonnie und Clyde. Das ist kein Raubüberfall. Die Natur des Vergehens der Hausbesetzung beinhaltet, daß wir uns nicht allzu sehr darum sorgen müssen, daß die Verdächtigen flüchten. Verstehst du?«

»Sicher.«

»Außerdem brauche ich ein wenig Zeit, um darüber nachdenken zu können, was hier überhaupt vorgeht.«

»Verdammt, ja«, sagte Hall. »Das verstehe ich.«

8

Die Hauptstraße von Lake Stover führte zwei Häuserblocks weit am Nordufer des Sees entlang. Das Büro des Sheriffs war in der Mitte der Stadt, an einer Ecke gegenüber von Jakobs Eisenwarenhandlung. In den alten Tagen, als der Wasserstand noch höher gewesen war, wußte man von Gefangenen, die aus dem hinteren Fenster des Gefängnisses entflohen waren.

Die Eisenwarenhandlung gehörte Helen Jakob, deren Familie die Stadt gegründet hatte. Helen war auch die älteste und besaß daher am Ostende der Stadt noch eine Pension am See. Ihr Vater hatte ihr die Eisenwarenhandlung vererbt, ihre Mutter die Pension.

Helen war nie verheiratet gewesen, und seit kurzem wurde sie von einem nervösen Zucken in der Oberlippe geplagt, sobald sie an Sheriff Stone dachte, der auch unverheiratet war. Helen war jetzt in seinem Büro und wahrte, während sie ihr Problem erläuterte, zwischen sich und ihm sehr betont das, was sie für kühle Distanz hielt.

»Okay«, sagte Stone, »gehen wir die Sache noch einmal durch. Du sagst, du fuhrst vor zwei Tagen nach Chicago, um Eisenwaren zu besorgen.«

»Genau das sagte sie«, antwortete Hall, der neben der Tür an einem Mahagony-Gewehrkoffer lehnte.

»Also«, fuhr der Sheriff fort, »als du gingst, sagst du, kam Mickey Bode gerade aus deiner Pension?«

»Ich konnte diesen Mickey Bode noch nie leiden«, sagte Hall, der ebenfalls in Helens Etablissement wohnte.

Helen nickte dem Sheriff zu.

»Aus Zimmer drei-A, um genau zu sein.«

»Und heute morgen kamst du von Chicago zurück?«

Sie nickte wieder.

»Und du sagst, du hast entdeckt, daß jemand anderes in Zimmer drei-A wohnt, jemand, der dort nicht sein sollte.«

»Ein indianischer Junge. Als ich ihm sagte, die Miete sei zwanzig Dollar die Woche, grinste er nur wie ein Idiot.«

Stone drehte sich zu Hall um. »Wie lange bist du jetzt schon Deputy?«

»Ich? Was hat das mit mir zu tun?« fragte Hall argwöhnisch. »Ich kenne das Kind nicht einmal.«

»Antworte mir, verdammt.«

Er überlegte eine Weile, dann sagte er: »Ein wenig mehr als drei Jahre, warum? Wir kamen doch beide zur gleichen Zeit.«

Stone nickte. »Und wie viele haben wir in dieser Zeit festgenommen?«

Der Deputy schnaubte in Richtung der beiden kleinen Zellen mit ihren verstaubten Gittern. »Zum Teufel, wir haben keinen einzigen geschnappt.«

»Das ist richtig«, sagte der Sheriff. »Und welche Schwierigkeiten hatten wir draußen?«

»Moment, laß mal sehen«, sagte Hall, der das kleinc Spielchen zu genießen schien. »Da ist die Sache mit der alten Mrs. Benson, die jeden Monat ihren Mann verdrischt, wenn er sich am Zahltag der Sozialversicherung betrinkt. Letzte Woche schlug sie ihn mit einer Hacke –«

»Was noch?« unterbrach ihn Stone.

»Nun, wir schreiben Strafzettel, so zwei oder drei in der Woche.«

»Und?«

Hall schwieg eine Minute lang.

»Das ist alles, oder?«

»Hatten wir jemals Ärger mit Indianern?«

»Willst du mich zum Besten halten?« kicherte Hall. »Verflixt, nein.«

Stone schlug mit der Faust auf den Tisch. Er schritt bis in die Mitte des Raums, näher zu Helen. »Wir hatten in Lake Stover nie Ärger mit Indianern«, sagte er ärgerlich. »Mir scheint, das hier ist eine Verschwörung.«

Helen wich vor Lucas Stone zurück, ihre Oberlippe zitterte, als sie sagte: »Vielleicht ist der Junge kein Indianer. Er könnte ein Zigeuner sein.«

»Ja«, sagte Hall, »es könnte eine Verschwörung der Zigeuner sein.«

Stones wachsames Auge erspähte die winzigen Schweißtropfen auf Helens Stirn. »Bist du okay?« fragte er. »Du siehst fiebrig aus.«

»Es ist nichts«, keuchte sie.

9

»John Wayne hatte diese Probleme nie«, sagte Hall, der wegen eines verstauchten Knöchels stark hinkte, weil er versucht hatte, die Tür zu Zimmer drei-A einzutreten.

»Komm da raus!« brüllte Stone.

»Nein!« kam eine mürrische Antwort. Helen stand weiter hinten in der abgedunkelten Halle und sah den Männern zu. Ihre Lippe zuckte, und ihre Augen hingen an Stones muskulösem Körper, als er sich noch einmal mit seiner Schulter gegen die Tür warf. Er stöhnte. So hatte es keinen Sinn.

»Ich bekomme diese Tür auf, und wenn es das letzte ist, was ich tue«, brummte er.

»Ich habe eine Idee«, sagte Hall. »Wir schießen das Schloß auf.«

»Gute Idee. Lauf rüber zum Büro und hol die 10er Magnum.«

»Verdammt!« schrie Hall, als er den Korridor hinunterhumpelte. »Wir pusten diesen Idioten einfach um.«

»Das ist ein großkalibriges Gewehr, nicht wahr, Lucas?«

»Otto wiegt hundertfünfunddreißig Pfund«, antwortete Stone. »Diese Kanone läßt meine Zähne klappern. Kannst du dir vorstellen, was sie mit ihm macht?«

»Wieviel wiegst du?« fragte Helen, ihre Lippen völlig verkrampft.

»Ungefähr hundertneunzig«, sagte Stone, als er auf ihre Lippe starrte und näher zu ihr trat. »Ich hasse es, dies noch mal zu erwähnen, aber geht es dir gut? Ich meine, du siehst –« Ein kurzer Aufschrei entrang sich ihrer Kehle, als sie zu Stone taumelte und ihre Arme um seinen breiten Brustkasten schlang. »Du machst mich wahnsinnig«, stöhnte sie und riß plötzlich an seinen Hemdknöpfen.

»Gütiger Gott!« platzte Stone heraus.

Ihre feuchten Lippen zuckten über seine Brust. Sie nahm seine Hand und zog ihn wie rasend die Halle hinunter.

»Hier«, sagte sie, »dieses Zimmer ist leer.« Sie stieß die Tür auf. Ein roter Mann saß in sich versunken auf dem Bett. Helen wurde ohnmächtig. Stone nahm sie und trug sie zu einer Couch am Treppenaufgang. Als er zurückkam, war die Tür zu und verschlossen.

10

Deputy Hall hatte gerade die glänzende Magnum an sich genommen, als ein Olds Kombiwagen, der der Familie Friedrich gehörte, bremste und draußen im Staub anhielt. Im Gepäckraum lagen Koffer und Papiertüten, und ein Hund starrte aus einem verdreckten Seitenfenster. Drei Kinder saßen auf dem Rücksitz. Vorn waren die Friedrichs, Nat und Clara.

Nat sprang sofort aus dem Wagen und rannte in das Büro des Sheriffs. Er schlug die Tür zu, mit Begräbnismiene schrie er Hall zu: »Hey, Mister, wir haben Schwierigkeitcn bekommen.«

In diesem Augenblick klingelte das Telefon.

»Hmp«, schnaubte Hall, »wir haben auch Schwierigkeiten. Riesenschwierigkeiten.«

»Ach, ja? Also, meine Tochter ist entführt und einer Gehirnwäsche unterzogen worden. Und ein Verrückter hat sich den Zutritt zu unserem Haus erzwungen. Wir kamen gerade von einer vierzehntägigen Urlaubsreise zurück – und plötzlich ist er da.«

Hall nahm das Telefongespräch entgegen. »Himmel«, sagte eine rauhe Stimme am anderen Ende der Leitung. »Ich kriege eine Glatze und will wissen, was Sie dagegen tun?«

»Wer sind Sie und wo wohnen Sie?« fragte Hall.

»Wir sind erst vor zwei Minuten gekommen, als dieser Verrückte uns schon aus unserem eigenen Haus warf. Alle, außer meiner Tochter. Sie wollte nicht gehen. Ich glaube, der Typ ist eine Art Indianer. Sie müssen etwas tun!«

Hall sah den Hörer an und schüttelte den Kopf.

»Verlaine«, fuhr die Stimme am Telefon fort und buchstabierte den Namen sorgfältig. »Und ich bin in der Elm Street, gegenüber von diesem Eindringling. Wann werden Sie etwas unternehmen?«

Hall hatte Jim Verlaine einige Male in der Stadt gesehen und wußte, daß der Mann schon so kahl wie ein Türknopf war. »Mr. Verlaine«, sagte der Deputy, »wir haben alles unter Kontrolle, und was ihre Glatze betrifft, so weiß ich zufällig, daß Sie schon seit ziemlich langer Zeit kahlköpfig sind.«

»Ich bin nicht Mr. Verlaine, ich bin Mrs. Verlaine, Sie Idiot!« bellte die Stimme und hängte auf.

Nat Friedrich rannte hin und her und schrie: »Meine Tochter ist erst siebzehn. Wenn ihr etwas geschieht . . .«

Die Tür öffnete sich, und ein offensichtlich kahlköpfiger Mann betrat den Raum; er weinte.

»Mein Bruder lebt in Springdale«, fuhr Nat fort. »Ich werde hinfahren und sein Gewehr holen. Sagen Sie, sind Sie nicht meine Nachbarin, Vickey Thatcher?«

Die kahle Person in Flatterhosen nickte zustimmend und jammerte. Sie war eine dreiundzwanzigjährige Krankenschwester, und Otto Hall war mit ihr zur Schule gegangen. »Sieh mich an«, rief sie, »sieh mich nur an.« Hall tat es. Er wollte seinen Augen nicht trauen – so sehr verblüffte ihn ihr weißer, nackter Kopf.

»Was ist passiert?« flüsterte er.

»Elmo Bearhunken war zum Tee bei mir, und nachdem er gegangen war, begann mein Haar auszufallen«, zeterte sie. »Ich glaube, ich werde verrückt.«

Das Telefon klingelte. »Was hält dich denn so lange auf?«

»Lucas«, sagte Hall, »ich glaube, du kommst am besten ganz schnell hierher.«

11

Die beiden Männer schickten sich an, die Nacht im Büro des Sheriffs zu verbringen, sich mit Old Underroof vollaufen zu lassen und die Ereignisse zu erörtern.

»Vielleicht sollten wir Verstärkung holen«, schlug Hall vor.

»Zum Beispiel?« fragte Stone, der an seinem Schreibtisch saß. Hall hatte sich auf einem Holzstuhl gegenüber niedergelassen.

»Zum Beispiel die Stadtpolizei von Springdale oder sogar die Staatlichen.«

Stone schüttelte den Kopf und lehnte sich in seinem Sessel zurück. »Du willst, daß das ganze gottverdammte Land weiß, daß ich ein paar gottverdammte Hausbesetzer nicht vertreiben kann?«

»Zum Teufel, nein.«

»Okay.«

»Okay«, echote Hall, als er ihre Gläser wieder füllte. »Was

werden wir dann tun?«

»So wie ich es mir vorstelle, müssen wir die ›Siedler‹ an drei Stellen jagen. Morgen früh werde ich als erstes einmal einige Türen aus ihren Angeln reißen und diese Unruhestifter ins Gefängnis werfen. Dann werde ich frühstücken.«

Hall kicherte. »Ja, ich habe dieses Baby glatt vergessen.« Er nahm die Magnum vom Tisch.

»Peng, peng«, sagte er und richtete sie auf die Tür.

Stone maß neue Drinks ab. »Schon mal damit geschossen?«

»Was? Ich?« Hall errötete. »Verdammt noch mal, ja. Einmal.«

Mittlerweile war es fast Mitternacht, und das Telefon klingelte.

»Ich kann Ihre aggressiven Aktionen nicht verstehen«, sagte Golby Bearhunken am anderen Ende.

»Wer sind Sie?« fragte Stone und nahm einen Schluck Whisky. Die Antwort raubte ihm beinahe die Luft. »Sie ... Sie ...«, stotterte er. »Wie kamen Sie an ein Telefon?«

»Wieso, ich habe mir heute eines legen lassen. Also, wie ich sagte, ich verstehe Ihre aggressiven Aktionen nicht.«

»Meine aggressiven Aktionen!« explodierte Stone.

»Sicher, sind Sie nicht derjenige, der bei meinen Brüdern in der Pension Jakob versuchte, die Türen einzuschlagen? Wir haben nichts getan. Wir kommen mit friedlichen Absichten.«

»Friedlich!« tobte Stone. »Ihr belagert einfach anderer Leute Häuser – und Sie sind noch dazu ein verdammter Frauendieb.«

»Es war die Entscheidung der Frau, bei mir zu leben. Dann war es ihre Entscheidung zu gehen, und sie ging.«

»Mary Sue ging?«

»Ja. Ihr Haar fiel aus, und sie wurde hysterisch. Ich nehme an, sie versteckt sich in den Wäldern unten beim See. Was das Haus und das Grundstück anbetrifft, es war nicht bewohnt. Nach intergalaktischem Recht ist es legal, Orte zu besiedeln, die über sechsunddreißig Stunden leergestanden haben.«

»Was zum Teufel sagen Sie da? Ich weiß nicht, woher Sie kamen, aber Sie gehen besser wieder dorthin zurück. Wir wollen Sie nicht«, schrie Stone.

»Ich werde nie zurückgehen. Es ist dort zu übervölkert«, informierte Golby ihn.

»Dann werde ich Sie morgen einmal besuchen müssen«, warnte Stone und legte auf. Er drehte sich zu Hall um und sagte: »Nicht nur, daß er ein Hausbesetzer ist, er ist auch noch übergeschnappt, erzählt was von intergalaktischem Recht oder so'n Zeugs.« Dann berichtete er Hall, daß Mary Sue eine Glatze bekommen hat und sich draußen in den Wälden versteckt.

Sie tranken eine Weile schweigend, bevor Hall sagte: »Das scheint eine ernste Angelegenheit zu sein. Ich meine, die Kahlköpfigkeit und das alles. Es wirft ein recht unheimliches Licht auf die Dinge. Was meinst du?«

Stone zuckte mit den Schultern. »Es sieht für mich wie eine Art Verschwörung aus, die auf sich aufmerksam machen will, aber ich werde schon dahinterkommen. Nichts und niemand macht einem Lucas Stone etwas vor. Ich bin kein Narr, weißt du«, sagte er und nahm einen Schluck aus der Flasche.

»Oh, verdammt, nein«, erwiderte Hall, »du bist kein Narr. Glaubst du, daß Mary Sues und Vickey Thatchers Haar wieder wachsen wird?«

»Vielleicht.«

»Meinst du, daß Vickey die Stadt verläßt?«

»Sie sagte es, oder?«

»Ja.«

Die Flasche wanderte hin und her.

»Ich hatte einmal eine Tante mit Glatze«, sagte Hall.

»Ja?«

»Ja. Von einer Strahlenbehandlung. Sie hatte Krebs.«

Stone blinzelte nervös. »Vielleicht sollten wir das schriftlich festhalten.«

»Vielleicht«, stimmte Hall ihm zu.

Die Flasche war bald leer, und der Deputy schlief im Sessel ein. Stone stand auf, ging hinaus und wanderte hinunter zur Pension Jakob.

12

»Gott sei Dank«, seufzte Hall, als Stone die Tür endlich einen Spaltweit öffnete. »Es ist fast Mittag. Ich habe dich in der ganzen Stadt gesucht. Wo ich auch hinkomme, es waren nur schlechte Nachrichten zu hören.«

Stone seufzte und machte seine Hose zu, die er schnell übergezogen hatte, bevor er die Tür öffnete. Dann fluchte er und sagte: »Also, was ist?« Hinter ihm auf dem Bett streckte sich Helen und gähnte.

»Ich will dir was sagen«, begann Hall. »Ich glaube, da steht uns eine Invasion bevor. Das alte Vorratslager in Maine ist besetzt und dieser andere Lagerschuppen weiter oben auch.«

Stone schüttelte seinen Kopf und hatte dabei das Gefühl, eine Handgranate würde explodieren. Er war keinen Alkohol gewohnt.

Hall zählte vierzehn weitere Stellen auf, die kürzlich besiedelt worden waren – einschließlich Halls eigenem Zimmer in der Pension, Sam Russos altem Haus und Vickey Thatchers Grundstück. Das Schlimmste hatte er bis zum Schluß aufgehoben. »Ich weiß nicht, wie ich dir das sagen soll, Lucas, aber als ich dich heute morgen suchte, ging ich zuerst in dein Haus.« Stone hatte ein kleines Holzhaus am anderen Ende von Lake Stover.

»Du meinst . . .«

Hall nickte. »Zwei von ihnen, massig wie die Bären, saßen dort auf der Veranda. Ich versuchte sie festzunehmen, aber sie flohen ins Haus und schlossen die Tür ab.«

»Das schlägt dem Faß den Boden aus«, entrüstete sich Stone.

13

Lucas Stone vermutete, daß Golby Bearhunken in dem neuen Haus in der Elm Street der Anführer der Verschwörung war. Und deshalb mußte er der erste sein, der ging. Von einer Baustelle außerhalb der Stadt hatte Stone einen gelben Bulldozer von der Größe eines kleinen Hauses abkommandiert. Dort wurden neue Apartments gebaut, und obwohl sie erst halbfertig waren, fand Stone sie besetzt. Na ja, darüber würde er sich Sorgen machen, wenn er Golby Bearhunken losgeworden war.

Das Gerede im Dorf war dem brüllenden Ungetüm mit Stone am Steuer und Hall, der buchstäblich auf seiner Schrotflinte ritt, vorausgeeilt. Ein ganzer Schwarm von Zuschauern, einige kahlköpfig und blutrünstig, drängte sich vor dem Ziel in der Elm Street. Als das gelbe Monster über den Hügel gekrochen kam, jubelte die Menge. Die Maschine rollte mit Höchstgeschwindigkeit, und Hall stand auf und hielt die Flinte hoch über seinen Kopf. Die Menge johlte wieder.

»Nam war nie so«, schrie Hall, aber Stone konnte ihn nicht hören.

Die Menge teilte sich, als die Raupe ankam; dann drehte das Untier und knirschte über den Bordstein, tobte über das Gras auf Kollisionskurs mit dem Bearhunkenschen Haus. Hall stand auf, legte die Magnum an, zielte auf die Haustür und feuerte eine Salve ab, während die Menge erneut jubelte. Stone hatte aufgeschrien, aber zu spät. Der Rückstoß der Flinte schleuderte Hall über die Kante der Raupe und ließ ihn wie einen nassen Sack auf die Erde plumpsen. Stone brachte die riesige Maschine zum Stehen; er befürchtete, Hall hätte sich das Genick gebrochen. Aber der Deputy stand auf, und die Menge johlte wieder.

»Verdammt, Otto«, sagte Stone, als Hall wieder auf seinen Platz zurückkletterte.

»Auf ihn!« schrie Hall mit Tränen in den Augen. »Hol ihn und zerreiße dieses gottverdammte Haus in Stücke.«

Stone gab Vollgas. Eine Reihe merkwürdiger Obstbäume fiel zuerst, wurde unter dem linken Rad zermahlen, als die Planierraupe in Richtung Haustür rumpelte. Der große Traktor rammte das Haus, zuerst mit dem Planierschild, dann frontal, erzitterte und blieb stehen. Die beiden Männer wurden bei dem Aufprall zu Boden geschleudert. Sie kletterten zurück und sahen sich an.

In die plötzliche Stille hinein sagte Stone: »Hier geht's doch nicht mit rechten Dingen zu. Das müssen Zauberkräfte sein.«

»Versuch's doch mal an der Ecke«, schrie Hall, als Stone den Bulldozer zitternd wieder in Bewegung setzte. Dann schnappte die glänzende Stahlschaufel nach der Ecke des

Hauses und prallte zurück, ohne auch nur einen Kratzer hinterlassen zu haben. Stone versuchte es wieder – mit demselben Erfolg. Er hob die Schaufel bis zur Dachrinne und versuchte sie loszustemmen. Sie blieb fest. Als er wieder auf die Straße zurückstieß, öffnete sich die Haustür, und Golby Bearhunken trat mit hocherhobenen Armen heraus.

»Er gibt auf!« schrie jemand. Die Menge jubelte und verstummte dann. Stone schaltete den Motor des Bulldozers ab.

»Es ist seltsam«, sagte Golby, »daß ihr daselbe Haus, aus dem ihr mich vertreiben wollt, zerstören würdet, nur um mich herauszubekommen. Ihr seid Barbaren und Ignoranten. Ihr macht es mir schwer, hier zu siedeln, da ihr meine Frucht zerstört habt. Aber ihr könnt nicht gewinnen. Dieser Teil der Galaxis wurde zum Siedeln freigegeben, und es werden andere kommen, so wie ich gekommen bin – mehr, als ihr euch vorstellen könnt – und ihr könnt nichts tun. Ihr könnt den Fortschritt nicht aufhalten.« Nach dieser Bekanntmachung ging er ins Haus zurück.

»Faßt ihn, faßt ihn!« schrie Hall.

Stone warf das gelbe Monster noch einmal an und begann den Sturm gegen das Haus, nur um herauszufinden, daß er nicht einmal mehr in den Garten gelangte, geschweige denn ins Haus. Aber er versuchte es noch viele, viele Male – obwohl er wußte, daß es sinnlos war.

Originaltitel: THE POPULATION EXPLOSION AT LAKE STOVER

Aus GALAXY SCIENCE FICTION November/Dezember 1978

Nicholas Yermakov

DER SURROGAT

Ich war anders, danach.

Ich erinnere mich daran, wie ich meine Abfindung erhielt und den Lighter nach Port City nahm; das Schiff ließ ich hinter mir im Orbit zurück. Es war ein sonderbares Gefühl, die »Titus Groan« zu verlassen. Sie war für lange Jahre meine Heimat gewesen. Aber ich wollte wieder in einer Stadt leben. Ich konnte es mir leisten, den Raum für eine Weile zu vergessen. Für einen Phasenverschiebungsnagivator würde es immer Arbeit geben. Ich wollte irgendwie Krach schlagen.

Und das tat ich. Ich verschrieb mich dem Vergnügen, wüsten Trinkgelagen und glorreichen, niederschmetternden Schlägereien, und wurde so die geballte Energie los, die sich über Jahre hinweg in mir angestaut hatte.

Port City war an wild gewordene Raumfahrer gewohnt; es war eine offizielle Gefahrenzone. Und daraus ließ sich Profit schlagen. Ich muß eine phantastische Zeit während dieser Monate verlebt haben, denn ich erinnere mich kaum noch daran. Eines Nachts schwanden mir während eines unflätigen Lieds, das jemand sang, die Sinne. Ich glaube gar, ich war derjenige, der es sang.

Ich erwachte – vielleicht wäre zu neuem Leben auferstehen der passendere Ausdruck – und erkannte verschwommen die Umrisse von vier Personen, die um mich standen. Mein Kopf schien zerspringen zu wollen. Ein Mädchen. Selbst in diesem Zustand konnte ich das sagen. Sie versuchte, mir etwas Flüssigkeit einzuflößen. Ich würgte, hustete, spuckte und verspritzte das meiste davon, was auch immer es gewesen sein mag, über ihre Beine.

»Sieh nur, er bewegt sich!«

»Glaubst du, er ist intelligent?«

»Mach dich nicht lächerlich. Würde ein intelligentes Wesen denn *so* etwas singen?«

»Ja, das war reichlich faszinierend, nicht wahr? Glaubst du, er wird wieder singen, wenn wir ihm noch etwas Whisky kaufen?«

»Ich glaube, wenn wir ihm noch etwas Whisky kaufen, wird er zusammenbrechen.«

Ich versuchte mich auf die Gesichter zu konzentrieren – aber ich hatte nicht viel Glück dabei. Ich versuchte aufzustehen, aber das Zimmer wollte nicht stillhalten. Ich fiel flach auf mein Gesicht. Meine Nase war gebrochen.

»Um Himmels willen, er wird nicht sterben, oder? Welch Unglück! Cilix, Irina, helft ihm doch. Ich werde ihm nicht erlauben zu sterben, ohne daß er dieses Lied beendet hat.«

Sie hoben mich auf einen Sessel, aber mein Rückgrat war wie Pudding. Ich fühlte, wie mir das Blut aus dem Gesicht wich. Ich hörte ein lautes Krachen und erkannte, daß das mein Kopf war, der auf den Tisch aufschlug. Ich öffnete meine Augen und sah, daß die Gefühlskiefer in ihrem Container auf mich anzusprechen begann. Als ich sah, wie sie sich hin und her bewegte und wie betrunken schwankte, fühlte ich mich plötzlich ekelhaft.

Sie veranlaßten den Büfettier, mir eine kleine Dosis Adrenalin zu geben und noch etwas, das mir wie ein paar Gallonen terranischer Kaffee vorkam (ich wagte nicht daran zu denken, was mich das kosten würde), und nach einer Weile sah ich langsam wieder klarer.

Meine Nase war schon einige Male zuvor gebrochen, daher war ich es gewohnt, mich selbst zu verarzten. Ich schmierte etwas Kunststoff über den Riß in der Haut und bat die Bedienung, mir ein paar Zigaretten zu bringen. Sie waren teuer, aber dafür dreimal stärker als alles, was ich jemals geraucht hatte. Wahrscheinlich synthetische.

Meine Retter waren junge Zigeuner. Künstler. Abgearbeitete Kinder ohne Ziel und Richtung. Ich sang das Lied von Anfang bis zum Ende, allerdings bedurfte es einiger Erklärungen zum Verständnis. Es war ein uraltes terranisches Lied von den Liebesabenteuern eines Matrosen namens Barnacle Bill. Es war nicht allzu schwierig, den Slang zu übersetzen, aber ich konnte mich nicht mehr daran erinnern, was ein Barnacle gewesen sein könnte. Ich erzählte ihnen, daß es wahrscheinlich ein Teil eines frühen Reaktorantriebs war.

Yuri hörte dem allen mit etwas verwirrtem Lächeln zu. Sie verströmte einen betäubenden Duft. Eine Dichterin. Sie las aus ihrem Werk. Es war schrecklich. Jil war eine Malerin und gelegentlich sogar eine recht erfolgreiche. Sie sorgte für die anderen. Ich mochte ihr ansteckendes, melodisches Lachen und die Art, wie sie mit mir in den Refrain einfiel. Cilix war irgendein gefallener Akademiker. Ich konnte nicht so richtig sagen, was er dachte, er sprach nicht viel. Auf der anderen Seite konnte ich Ophidians noch nie sehr gut verstehen. Anthrus sprach dagegen fast ununterbrochen. Er hielt sich selbst für geistreich. Ich hielt ihn für einen Zyniker. Aber ich schenkte ihm keine weitere Beachtung. Ich konnte meine Augen nicht von Irina abwenden.

Irina war wundervoll. Schlank, groß und sehr hellhäutig. Sie schminkte sich nicht, wie andere Frauen es meist taten. Ihr Kopf war bis auf eine winzige Blüte, die auf ihren Schädel tätowiert war, kahl. Selbst ihre leichteste Bewegung war anmutig. Irina wußte, daß sie schön war, und zeigte dies deutlich. Ich empfand keine Begierde nach ihr, sondern . . . Zärtlichkeit. Ich wollte sie festhalten, ihre Wange streicheln, zärtlich zu ihr sein. Ich wollte ihr Stöhnen hören. Ich gab mir Mühe, sie nicht anzustarren, aber ich fürchte, die Mühe war umsonst.

Während wir sprachen, wurde die Ausstrahlung der Gefühlskiefern ein wenig schwächer und schwankte schließlich sehr stark. Die Gäste an den Nebentischen, die ähnliche Reaktionen bei ihren Tafelaufsätzen festgestellt hatten, sahen sich um, was die psychosensitiven Pflanzen so störte. Ohne von seinem Wein aufzublicken, sagte Anthrus mit geheimnisvollem Lächeln: »John ist hier.«

»Wenn John einen Raum betritt«, erklärte er, »hat man das Gefühl, daß gerade jemand gegangen ist.«

Ich bemerkte, daß in unserer direkten Nachbarschaft tatsächlich einige Leute gingen. Unsere kleine Gruppe wurde sehr schnell zu einer Insel. Dann sah ich John. Er erschien an Anthrus' linker Schulter. Unsere Pflanze erzitterte, und ihr Heiligenschein verschwand fast ganz.

Er war groß. Das schäbige Chorhemd bedeckte eine mir vertraute Uniform, aber ich konnte sie nirgendwo einordnen. Die hohlwangige und hagere Gestalt war von eher grauer Blässe, seine Haare waren lang und verfilzt. Aber die Augen waren das auffallendste an ihm. Leer. Völlig ausdruckslos, leblos.

»Hallo, John, nett, dich zu sehen.« Anthrus winkte ihn auf einen Stuhl. »Setz dich zu uns. Wein?«

»Nein, danke«, antwortete das Gespenst mit einer Stimme, die so müde und leer war, als sei sie ein Relikt aus dem All. Er setzte sich, und ich staunte, als die Kiefern sich regelrecht von ihm wegbogen.

Abgesehen von der Tatsache, daß John die verlorenste Seele war, die ich jemals gesehen hatte, konnte ich nicht verstehen, was mit dem Mann los war, der jedermann solches Unbehagen bereitete. Er erschien mir nicht als besonders störendes Individuum. Aber die Kiefern wußten es besser. Alle Gefühlspflanzen in unserer Nähe zuckten wie verrückt, und unsere eigenen Kiefern benahmen sich, als wollen sie das botanische Äquivalent des Sankt-Veitstanzes aufführen.

Der Wirt des Bistros näherte sich unserem Tisch, die Fäuste geballt.

»Ich habe Sie wissen lassen«, sagte er mit starkem Akzent, »daß ich Ihre Anwesenheit hier nicht wünsche. Sie machen mir das ganze Geschäft kaputt, John.«

»Sie haben kein Recht, diesen Mann aus ihrem Lokal auszuschließen«, entgegnete Anthrus. »Er hat nichts Falsches getan. Er hat keine Gesetze gebrochen.«

»Ich habe kein Recht dazu«, stimmte der Wirt ihm zu. »Sie können mich anzeigen, wenn Sie wollen.«

»Das werde ich.«

»Trotzdem, er muß sofort gehen.«

Während des Wortwechsels saß John bewegungslos, als ob er überhaupt nicht wußte, was um ihn herum vorging.

»Wenn er geht, gehen wir alle mit ihm«, erklärte Anthrus.

Natürlich gingen wir alle. Da ich nichts Besseres zu tun hatte, ging ich mit ihnen. Die anderen waren still geworden. Die geschwätzige Jil war plötzlich sehr introverviert. Cilix und Yuri blickten beide stur geradeaus, während sie liefen, und Irina sah irgendwie bestürzt aus. Um die unangenehme Stille zu durchbrechen, fragte ich John, ob er oft hinausgeworfen werde.

»Ja«, antwortete er schlicht.

»Aber . . . warum?«

»Ich habe einen Surrogat«, erwiderte er und ging dann schnell weg.

»Ich mag ihn nicht«, sagte Irina, die ohne Schuhe in einer Ecke herumräkelte.

»Ach, ich weiß nicht. Ich finde seine Gesellschaft anregend.« Anthrus grinste sie an. »Du nicht?«

Sie schnaubte verächtlich und kehrte wieder zum Nichtstun zurück. Sie tat dies sehr anmutig.

»Wer ist er denn?« fragte ich.

Cilix unterbrach seine Verarbeitung der Yolablätter.

»Er war ein Handelsreisender des Raumes, wie du es auch bist. Ein Söldner, nicht wahr?«

»Frag Anthrus«, entgegnete Yuri, während sie vorsichtig Farbe auf ihren enthaarten Schädel auftrug. »Er ist unser Spezialist für wandelnde Leichen.«

»Wandelnde Leichen?«

»Yuri kann ihr melodramatisches russisches Erbe nicht verleugnen«, lächelte Anthrus. »Ja, ich vermute, John war ein Söldner. Ich kann mir nicht vorstellen, wer sonst von terranischer Abstammung für die Lharii arbeiten würde.«

Das war's also. »Was geschah mit ihm?«

»Er ist von einer Sucht befallen«, antwortete Cilix, während er die Schale mit enthülsten Yolablättern hinstellte.

»Ist es das, was er meinte, als er sagte, er hätte einen Surrogat?« Ich nahm mir ein Blatt aus der Schale und schob es in den Mund. Ich fühlte sofort die herrliche Kühle, als es zerging. Anthrus sah überrascht aus.

»Soll das heißen, du hast während all deiner Reisen noch niemals etwas von der Surrogateidechse gehört? Dieser sogenannten legendären Gestalt?«

Ich mußte mein Unwissen zugeben.

»Ah!« Anthrus lehnte sich zurück. Meine gefesselte Zuhörerschaft erfreute ihn. »Ich erzähle diese Geschichte sehr gerne.«

»Sei nur einmal lieb zu mir«, bat Yuri trocken. »Mach's kurz.«

»Oh, aber natürlich.« Anthrus machte eine spöttische Verbeugung in ihre Richtung. »Ich werde gnädig sein. Kurz und bündig.« Er wandte sich zu mir. »Du hast von einem Planeten namens Xerxes V in den Julianas gehört?«

Ich hatte. »Eine Quarantänewelt.«

Anthrus zuckte mit den Achseln. »Warum sollte dies die Lharii stören? Ihre Arbeitskolonnen sind zu ersetzen.«

Ich nickte grimmig. Für ihre gute Bezahlung boten sie ein

immens hohes Risiko.

»Nun«, fuhr Anthrus fort, »einer von Johns Bordkameraden wurde dort von einem Surrogat gebissen. Er kam mit ihm an Bord, das heißt, er schmuggelte ihn hinein. Es ist eine komische Reptilienart, gebärt genau wie ein Säugetier. Das ist recht bemerkenswert. Nun, um mich kurz zu fassen, diese Eidechse war schwanger. Ihr Nachwuchs krabbelte eines Nachts in Johns Bett und wurde zu seinem privaten Parasiten.«

»Parasit? Als Cilix sagte, er hätte eine Sucht, dachte ich natürlich an Rauschgift oder –«

»Aber der Surrogat *ist* eine Sucht. Eine tödliche.« Anthrus' Augen glänzten vor nekrophiler Begierde. »Er hat eine betäubende Wirkung auf seinen Wirtskörper. Einmal von einem Surrogat gebissen, bist du verdammt. Du kannst einfach nicht ohne ihn leben. Seine Ausscheidungen machen süchtig. Am Ende stirbt der Wirtskörper. Wie schnell, hängt hauptsächlich von der Konstitution des Wirts und vom Appetit der Eidechse ab. John und sein Surrogat scheinen eine ziemlich erfolgreiche symbiotische Beziehung entwickelt zu haben. Er schleppt sich schon seit Jahren dahin. Er ist ein sehr pragmatischer Parasit. Er kennt Johns biologische Grenzen verdammt gut.«

»Er *kennt* sie?«

»Oh, ja, er *kennt* sie! Der Surrogat ist empfindsam. Er hat einen recht hoch entwickelten Intellekt. Die Spezies ist, so weit ich es verstehe, sehr selten und nur auf Xerxes heimisch. Die meisten Leute glauben, ihre Existenz sei eine Sage.« Er grinste teuflisch. »Freunde, wir müssen einfach einen weiteren Beweis haben!«

Mitten in ihrem Protestgeschrei drehte er sich zu mir um und sagte: »Dies wird eine Erfahrung sein, die du nicht mehr vergißt!«

»Bezahl den Mann!«

»Anthrus, nein!« Irina zeigte plötzliche Bestürzung. »Tu ihm das nicht an. Bitte!«

»Warum sollte ich ihn bezahlen?«

Anthrus lächelte. Wieder dieser rätselhafte Ausdruck auf seinem Gesicht. »Er wird dir alles über dich selbst erzählen.«

Yuri nahm meine Hand und drückte sie mitfühlend. »Tu es nicht. Höre nicht auf ihn.«

Aber Anthrus wußte, daß ich es tun würde. Meine Neugierde war geweckt. Ich bezahlte John, während Yuri den Tisch abräumte, wobei sie ihre Augen von unserem Gast abgewendet hielt. Wieder einmal war ein Leichentuch über meine Freunde gefallen. Und wieder einmal versuchte Irina zu gehen, und Anthrus verhinderte es. Ich begann ihm seine Herrschaft über sie übelzunehmen. Cilix stand auf, um das Licht zurückzudrehen.

»Oh, nein, nein, Cilix! Bring eine Kiefer«, befahl Anthrus fröhlich. »Das muß eine *vollkommene* Erfahrung sein.«

Seine dünnen Lippen preßten sich zusammen, Cilix stellte eine Kiefer auf den Tisch. Sofort begann sie zu zittern, und ihre Ausstrahlung begann sich abzuschwächen. Anthrus gab ein Zeichen, und wir bildeten einen Kreis und setzten uns um den Tisch.

»Soll ich anfangen?«

Anthrus sah mich an, um auf Johns Frage eine Antwort zu erhalten. Ich nickte.

Langsam entfernte John das Chorhemd. Darunter saß festgeklammert an seiner schäbigen Lhariiuniform – der Surrogat.

Er war ungefähr fünfzehn Zentimeter lang und strahlend gelb. Mein erster Eindruck war, daß er einem Salamander ähnelte, aber der Kopf war zu groß dafür. Seine Augen waren geschlossen, er schien zu schlafen. Mit zwei Fingern seiner linken Hand streichelte John ihn leicht. Die Eidechse bewegte sich.

Die Kreatur machte sich von Johns Waffenrock los und kroch auf die Tischplatte. Es war etwas Widerwärtiges in seinen Bewegungen. Yuri schluckte nervös. Sie sah entsetzt aus. Jils Gesichtsausdruck zeigte reines Grauen. Irina schien angeekelt. Und Anthrus.

Aber die Eidechse! Langsam bewegte sich ihr Kopf in meine Richtung, und sie blickte mich an. Es war nichts Reptilartiges in ihren Augen. In geringem Maße hatte sie etwas Menschliches im Aussehen. Blau. Tief in den pyramidenförmigen Kopf eingelagert. Und sie *sah* mich an!

Dann kletterte sie mit sagenhafter Schnelligkeit an Johns ausgestrecktem Unterarm hinauf und grub ihre Krallen tief in sein Fleisch. John zuckte zurück. Wieder blickten mich jene blauen Augen an, genau einen Moment, bevor die Krallen sich wieder öffneten. Zwei irisierende, schlangengleiche Klauen. Langsam, versteckt wie ein heimlicher Liebhaber, ließ die Eidechse jene mosaikartigen Alpträume in das weiche Muskelfleisch unter Johns Bizeps sinken.

Irina schwindelte und schloß ihre Augen. Die anderen sahen mit starrer Faszination zu. Die überempfindliche Kiefer hatte sich selbst mit ihren Wurzeln aus ihrem Container gezogen. Sie lag um sich schlagend auf dem Tisch, ihre Ausstrahlung erstickt, sterbend.

Johns Augen waren geschlossen, er befand sich in Ekstase. Ein winziger Blutstropfen stand in der Ecke seines Mundes, wo er seine Lippe aufgebissen hatte. Er bebte – zitterte – und war dann ganz ruhig. Die Eidechse saugte, bewegungslos.

Allmählich vollzog sich eine Veränderung bei John. Er seufzte tief. Seine Haut hatte eine frischere Farbe, seine Stirn war feucht von Schweißtropfen. Das Aschgrau seiner Erscheinung verschwand, und statt dessen strahlte er vor Gesundheit. Er öffnete seine Augen, bedachte uns mit einem freundlichen Lächeln und zwinkerte fröhlich mit den Augen. Dann nahm er sein abgelegtes Chorhemd und breitete es über seinen Arm, wobei er die Eidechse unseren Blicken entzog.

»Es stört sie, wenn ihr so viele Leute zusehen«, erklärte er mit einer Stimme, die völlig anders war als die, die ich zuvor von ihm gehört hatte. Er erhob sein Glas und ließ uns hochleben. Wir tranken – er mit Genuß, der Rest von uns mit offensichtlicher Angst. Er blickte Anthrus mit strahlendem Lächeln an.

»Nun, mein gieriger Freund«, bemerkte er, »eine weitere Nacht Voyeurismus für dich, während mein Bruder Raumfahrer langsam auf den Hund kommen wird.« Er zwinkerte mir zu. »Du wirst heute nacht auf deine Kosten kommen, das verspreche ich dir.«

»In Ordnung. Dann bist du wohl ein Zigeuner? Was kannst du mir überhaupt über mich erzählen?« fragte ich ihn.

Er lachte in sich hinein. »Alles.« Wieder dieses blendende Lächeln, entwaffnend und herzlich. »Du bist dir sicher, daß du das wissen willst?«

Ich nickte, skeptisch. Ich hatte zu meiner Zeit Zigeuner gekannt, wenn auch keinen, dessen Auftritt so spektakulär war. Er war ein Schauspieler, das mußte ich ihm zugestehen.

»Du bist im Irrtum«, lachte er. »Ich bin kein Schauspieler, und das hier ist kein Spaß.«

Ich war beeindruckt. »Nicht schlecht. Telepathie? Oder einfach außersinnliche Wahrnehmungen?« Ich mußte heimlich grinsen, aber er schien es nicht zu bemerken.

»Hm, ja, ich denke, so könnte man es bezeichnen. Und auch wieder nicht. Laß uns einfach sagen, ich habe eine Möglichkeit, die Wahrheit zu erfühlen.«

Anthrus beobachtete uns aufmerksam. »Wirklich?« fragte ich. »Und was ist die Wahrheit?«

Er warf mir einen verständnisvollen Blick zu. »Nun, es gibt mehr Wahrheiten als du denkst. Zum Beispiel deine Gefühle für Irina.«

Ich fühlte plötzlich eine leichte Beklemmung in der Magengegend. Meine Augen begegneten ihren und sahen Überraschung. Sie blickte nicht weg.

»Und sie ist natürlich geschmeichelt von dieser Nachricht«, fuhr John fort. »Denn, weißt du, Irina hat starkes Verlangen nach wesentlich mehr als dem, was unser Freund Anthrus hier ihr geben kann. Sie hat schon ein- oder zweimal an dich gedacht. Sie denkt jetzt über dich nach. Darüber, wie du ohne Kleidung aussiehst. Soll ich es ihr sagen?«

Ich glaube, ich errötete. Anthrus warf seinen Kopf zurück und lachte.

»Laß dich von diesem Gelächter nicht täuschen«, warnte John mich mit ernstem Blick. »In Wirklichkeit mag er dich nicht, verstehst du?«

»Das ist richtig, ich mag ihn nicht.« Anthrus' Gesicht zeigte einen merkwürdigen Ausdruck. »Ich mag dich überhaupt nicht. Aber ich mag überhaupt niemanden. John hat mir das schon gesagt. Ich bin zu eigensinnig. Der ideale Hedonist widmet seine gesamte Zeit seinem eigenen Ich. Aber unsere Irina, nun, sie widmet sich der Leidenschaft, nicht wahr, meine Liebe?« Sie blickte mich an, nicht Anthrus. »Also magst du unseren Freund?« redete er weiter. »Nun, nur zu, genieße ihn. Er ist relativ jung und zweifellos viel stärker als ich. Mach du nur. Aber ich werde dich dafür hassen. Vielleicht läßt du mich zuschauen?«

»Das war nicht lustig, Anthrus«, fuhr ich ihn an.

»Das sollte es auch nicht sein. Siehst du, wir müssen uns

heute die Wahrheit sagen. Sonst wird John uns bei unserer Heuchelei ertappen. Denn er kennt die Wahrheit. Und John irrt sich niemals.«

»Er hat recht«, sagte John. »Ich irre mich nie. Und das erklärt auch dein früheres Unverständnis, warum ich nirgendwo gern gesehen werde. Es ist nicht, daß ich, wie du mich so treffend charakterisiert hast, eine so verlassen aussehende Seele bin, wie du es noch niemals gesehen hast. Die meisten Leute empfinden tragische Verlierer als beruhigend. Sie fühlen sich überlegen, wenn sie etwas Schlechteres als sich selbst sehen. Es ist einfach die Tatsache, daß, soweit ich weiß, kein lebendes Wesen es ertragen kann, die unverfälschte Wahrheit über sich selbst zu hören. Die Wahrheit kann zu sehr in Verlegenheit bringen. Sie beraubt jeglicher Vorwände und Rechtfertigungen. Niemand will wirklich die Wahrheit hören, wenn Lügen so viel attraktiver sind.«

»Und die Wahrheit über dich selbst?« fragte ich.

»Dafür hast du nicht bezahlt.«

»Ich bezahle dich jetzt.«

»Danach habe ich kein Verlangen. Außerdem, die heutige Nacht gehört dir. Ich habe so viel zu sagen.«

Und so nahmen die Dinge ihren Lauf. Eine grausame Sitzung mit unaussprechlichen Begegnungen. Er lachte, er lächelte, er war reizend. Er erzählte mir Dinge über mich, die so tief in meinem Bewußtsein begraben waren, daß ich niemals daran gedacht hatte, sie wieder auszugraben.

Und schließlich sah man eine Bewegung unter dem Chorhemd. Die Eidechse kletterte an Johns Arm hinauf und nahm ihren Platz an seiner Brust wieder ein. Sie schloß ihre Augen und bewegte sich nicht mehr. Der Surrogat – vollauf befriedigt – schlief.

Als ich völlig erschlagen dasaß, verblaßte die Lebhaftigkeit des Mannes. Der Lebensfunke verschwand aus seinen Augen, und sie waren wieder trübe. Seine Haut nahm wieder ihre gespenstische Blässe an. Das Leben war gewichen, die Schale geblieben. Mit müder, hohler Stimme bedankte sich der Raumfahrer. Dann stolperte er durch das Portal und war verschwunden.

»Ich glaube, ich würde ihn am liebsten umbringen«, sagte ich.

Anthrus kicherte. »Aber das kannst du nicht. Er ist so gut wie unüberwindbar. Wer von uns kann letztlich die Wahrheit umbringen?«

Yuri seufzte erschöpft. »Und du sagtest, ich sei melodramatisch?«

Ich fand es schwer, jetzt Irina anzusehen, die neben Anthrus saß, der ihre Hand fest in seiner recht anmutig zerkratzten hielt. Ich war normalerweise nicht voreingenommen, aber als ich sie beobachtete, fühlte ich stärker denn je, daß das terranische Mädchen zu mir gehörte, zu einem der ihren.

»Ich wünsche mir wirklich, daß ich PSI-Kräfte wie er hätte«, sagte ich, wobei ich versuchte, Ironie aus meinen Worten herauszuhalten.

Cilix zerschlug gedankenvoll den Fuß seines Glases.

»Du verstehst immer noch nicht, nicht wahr?« Er betrachtete mich mit diesem ophidianischen starren Blick. »John hat keine PSI-Kräfte. Er ist kein Empath oder Zigeuner oder auch nur ein sehr scharfsichtiger Mensch. John ist ein bemitleidenswertes Überbleibsel. Das ist alles, was er ist, und das ist alles, was er jemals sein wird.«

»Aber dann, wie –«

»Der Surrogat«, antwortete Yuri. »Er spricht durch John. Die Eidechse hat selbst weder Stimmbänder noch hat sie irgendwelche telepathischen Fähigkeiten. Wie John sagt, er – es – erfühlt die Wahrheit. Und es benutzt seinen Wirtskörper als ein Mittel zur Kommunikation.«

»Du siehst überrascht aus«, grinste Anthrus. »Ich sagte dir, daß die Eidechse einen sehr hohen Intelligenzquotienten hat. Ich frage mich, ob wir John überreden können, daß er ihm erlaubt, nächstes Mal sich selbst zu zeigen? Wäre es nicht amüsant, wenn sich herausstellte, daß der Surrogat einen höheren IQ hat als wir alle? Das kleine Wunder Xerxes V wurde unter Quarantäne gesetzt.«

»Es tut mir leid für ihn«, sagte Jil sanft. Ihre Stimme war freundlich und zart. Sie schien eher zu sich selbst als zu den anderen zu sprechen. »Ich wünsche, es gäbe etwas, womit wir ihm helfen könnten.«

»Dein Mitleid ist rührend«, sagte Anthrus gelangweilt, »aber ein Eingriff würde dir nur Kummer bereiten. Man kann nichts tun. Er ist unerwünscht. Wohin kann er gehen? Was kann er tun? John lebt nur wirklich, wenn diese Fangzähne in seinen Adern sind. Heute nacht strahlte und glänzte er; er erweckte den Eindruck von Wahrheit und Weisheit und unterhielt uns . . .«

»Rede mit dir selbst«, unterbrach Yuri.

». . . und alles in allem wissen wir, daß es so besser ist. Wir haben gesehen, wie er unter normalen Umständen aussieht. Ißt nicht mehr, als man zum Überleben unbedingt braucht, trinkt nicht, lacht nicht, schreit nicht einmal, was Menschen doch so oft tun . . .«

Ich sah Irina zurückzucken.

». . . warum? Ohne Eidechse würde er sterben. Er sagte es mir selbst. Seine Apathie mag sein normaler Zustand sein. Nachdem er für die Lharii gearbeitet hat, würde mich das nicht wundern. Und wenn das der Fall ist, nun, dann rettet die Eidechse ihn. Und du mußt zugeben«, er blickte mich an und lächelte boshaft, »John ist zu einer faszinierenden Erscheinung geworden. Und nun wissen wir dank seiner Hilfe all deine inneren Gedanken und Geheimnisse.«

Ich sah, wie er hämisch grinste und sich daran weidete, wie er es ganz geschickt so gedreht hatte, daß ich mich in der eigenen Schlinge gefangen hatte.

»Ich muß zugeben, ich bin überrascht, obwohl«, fuhr er fort, »ich bin mir sicher, daß du verachtest, was du heute nacht hörtest. Ich weiß, daß es dich tief verletzt haben muß. Und dennoch schämst du dich nicht. Wie ist das möglich? Ich war immer davon überzeugt, die menschliche Natur zu kennen.«

Er wandte sein außerordentlich hübsches Gesicht Irina zu und kraulte mit seinen zerbrechlichen Fingern zärtlich ihr Kinn, seine Krallen hatte er rücksichtsvoll eingezogen.

»Wir müssen heute abend darüber sprechen, Irina. Wir müssen über unseren Freund hier beraten. Warum ist er nicht beschämt? Deine Reaktionen waren ganz andes, soweit ich mich erinnere.«

Ich suchte Trost in der ruhigen, mondlosen Nacht. Als ich nackt auf dem Balkon stand, fühlte ich die warmen Nordwinde auf meiner Haut und atmete in tiefen Lungenzügen die feuchte Luft ein.

Die anderen schliefen. Ich dachte nach, während ich dastand und mir eines von Jils Bildern betrachtete, das, noch nicht fertiggestellt, auf seinem Metallständer lehnte und in dem weichen Licht schimmerte. Ich drehte die Beleuchtung auf dem Balkon zurück, so daß ich den lumineszierenden Schein des Bildes sehen konnte. Es war das Gesicht Johns. Die Augen auf dem Bild waren traurig, ganz im Gegensatz zu den trüben und leblosen des Originals.

»Ich frage mich, ob du überhaupt etwas fühlst?« murmelte ich zu dem Bild. »Wie ist es, als Surrogatmund von eben dem Wesen benutzt zu werden, das dich zerstört? Was fühlst du, wenn du in die Seele eines anderen siehst?«

»Das frage ich mich auch oft«, sagte Jil. Sie saß hinter mir, im Schatten. Sie war so leise gewesen, daß ich sie nicht bemerkt hatte. Ich starrte in das rote Feuer ihrer Augen, zwei glühende Punkte, die aufleuchteten, als sie sich erhob und auf mich zu ging.

»Das läßt sich verkaufen«, ich deutete auf das Bild. »An einen Fremden, der das Original nicht kennt. Es sind die Augen. Diese Art des Blickes sieht man wohl in Dichteraugen, vermute ich.«

»Ich glaube nicht, daß ich es verkaufen werde«, sagte sie. Sie hatte sich auch ausgezogen, um die Abendluft zu genießen. Ihr Fell bewegte sich sanft in dem leichten Wind. »Dieses Bild gibt mir . . .« Sie zögerte. »Dafür gibt es im Deutschen keinen Ausdruck.« Sie gab einen Laut von sich, den keine menschliche Kehle nachahmen könnte. »Es ist nur ein Wort und doch meint es so vieles. Ich kann es wirklich nicht erklären.«

»Ist gut. Ich glaube, ich verstehe.«

Dann wurde mir bewußt, daß ich mit einer anderen Jil sprach. Diese Jil war sehr ernsthaft.

»Du bist heute abend nicht du selbst«, sagte ich.

»Zu Hause, in unserer Gesellschaft, tragen wir zwei Gesichter«, erklärte sie. »Eines präsentieren wir Tag für Tag denjenigen, die um uns herum sind, um uns ihren Handlungsweisen anzupassen. Das andere ist für die Familie und die Freunde – das private Gesicht.« Sie zeigte auf das Zimmer, das Anthrus und Irina sich teilten. »Du willst eine Geliebte, aber du brauchst eine Freundin.«

Bevor ich antworten konnte, legte sie zwei Finger auf meine Lippen und ließ sie dort.

»Du solltest heute nacht nicht schlafen«, sagte sie. »Bleib hier. Beobachte die Nacht und denke über die Dinge nach, die der Surrogat dir sagte. Nur wenige Leute kennen sich selbst wirklich. Plötzlich mit solchem Wissen konfrontiert zu werden, macht es leicht, die Wahrheit zu verleugnen. Es ist einfach, das nicht anzuerkennen. Das ist es, weshalb John gehaßt wird. Aber er ist wirklich untadelig. Du solltest einen Mann nicht wegen Dingen hassen, die eine Stimme sagt, die er nicht kontrollieren kann.«

Sie verließ mich dann, so daß ich allein sein konnte. Ich hatte das Bedürfnis zu gehen. Ich zog mich leise an, um die anderen nicht aufzuwecken.

Port City schlief niemals. Es hatte zu viele unterschiedliche Lebensformen, um alle einander angleichen zu können. Es wurden fünf Standardsprachen gesprochen, und die Stadt war in eine Vielzahl von Distrikte unterteilt. Jeder, der nicht direkt hineinpaßte, mußte sich so gut er konnte anpassen, aber sogar da gab es Möglichkeiten, das relativ leicht zu bewerkstelligen, vorausgesetzt, man konnte zahlen.

Es war eine aufregende Stadt – das neue Rom, zu dem alle Raumwege führten. Aber wie das ursprüngliche Rom aus der Urzeit, so hatte auch dieses Rom seinen Anteil an Dekadenz und Hoffnungslosigkeit. Ich war von der Dekadenz angezogen worden. Was ich statt dessen fand, war etwas ganz anderes.

»Wohin gehen wir?«

Irina!

»Ich dachte, du schliefest«, sagte ich zu ihr. »Es tut mir leid, wenn ich dich aufgeweckt habe.«

»Ich habe einen leichten Schlaf. Nicht wie Anthrus.«

»Warum bist du mir gefolgt?«

»Kannst du dir das nicht vorstellen?« Sie hakte sich bei mir unter, als wir gingen. »Sag mir nicht, wir brauchten John hier, um alles über uns zu erfahren.« Es war eine unschöne Härte in ihrer Stimme.

»Du klingst schon fast wie Anthrus.«

»Müssen wir über ihn reden?«

»Warum nicht? Wir drei haben keine Geheimnisse mehr voreinander, oder? Der Surrogat sorgte doch dafür.«

»Er widert mich an!« Ich war von ihrer Heftigkeit überrascht. »Wie sich jemand nur so gehen lassen kann . . .«

Während sie sprach, fiel mir plötzlich ein, daß dies das erste Mal war, daß wir allein waren, seitdem sie mich vom Boden des Bistros aufgelesen hatten. Ich hätte die Gelegenheit nützen sollen, aber ich tat es nicht. Ich dachte weiter darüber nach, was Jil gesagt hatte. Wir gingen eine Weile schweigend. Ein unangenehmes Schweigen. Irina brach es zuerst.

»Was ist los? Willst du mich nicht mehr?«

Ich hätte niemals gedacht, daß ich nachdenken müßte, bevor ich eine solche Frage beantworten konnte. »Ich . . . ich bin mir nicht sicher. Ich vermute es.«

»Du *vermutest* es? Das ist sagenhaft, das zu einem Mädchen zu sagen, das sich dir anbietet! Ich könnte mich täuschen, aber bemerke ich da einen Mangel an Enthusiasmus?«

»Ich bin ein wenig verwirrt. Ich dachte, ich kenne mich in- und auswendig. Oh, ich wußte, daß ich eine Menge Schwächen hatte, aber –«

»Denkst du immer noch über John nach? Vergiß ihn. Er ist ein Vagabund. Er ist nicht wichtig, du und ich, wir sind es. Laß ihn nicht an dich herankommen.«

»Obwohl er an dich heranzukommen scheint. Anthrus muß es arrangiert haben, daß ihr beide euch mit John vorher getroffen habt, oder? Eine private Sitzung, nur ihr drei?«

Ich fühlte ihren Arm fester.

»Nein.«

»Nein?«

»Nicht nur wir drei.«

Natürlich. Die anderen werden auch dabei gewesen sein. Anthrus hat wohl darauf geachtet. Das erklärte auch seine früheren Bemerkungen über das menschliche Fassungsvermögen für Schamgefühle. Es war eine schmerzliche Erfahrung für mich gewesen. Für Irina muß es reine Demütigung gewesen sein.

»Warum läßt du es zu, daß er dich so behandelt?« fragte ich sie. »Warum bleibst du bei ihm? Du bist doch kein Masochist, oder?«

»Du hast kein Recht, verletzend zu sein«, fauchte sie. »Wenn du mich nicht willst, dann sag's doch einfach.«

»Würdest du zu Anthrus zurückkehren?«

»Ja.«

»Dann sehe ich keinen einzigen vernünftigen Grund, warum ich dich wollte.«

»Svolotch!« fluchte sie auf russisch. Ihre Hände schossen in mein Gesicht, und ich fühlte einen plötzlichen Schmerz, als sich die langen Nägel festkrallten. Sie hatte in ihrem Zorn wohl gemeint, mich blenden zu können, aber ich hatte schon genug gesehen. Ich drehte mich um und ließ sie einfach stehen.

Der Saft aus den Beeren des Harlequinbusches ist unvergoren ein tödliches Gift. Aber ausgepreßt und zu Wein verarbeitet haben die Beeren eine betäubende Wirkung. Ich fühlte keinen Schmerz mehr.

Ich war in die lebhaften, abgeschlossenen Stadtteile gewandert, die für die Frilissi reserviert worden waren, deren Gehörmembranen so empfindlich sind, daß ihre Kultur, im Vergleich zur menschlichen, eigentlich stumm ist. Was ich als Ruhe empfand, war tröstend für mich. Ich wollte irgendwohin gehen, wo ich allein sein konnte -- nirgendwo ist man so allein wie in einer Menge von fremden Menschen.

Ich rieb meinen Zeigefinger und Daumen leicht gegeneinander, und sofort erschien ein Diener neben mir. Meine Bitte nach mehr Wein sprach ich in seiner Sprache aus. Es freute ihn zu sehen, welche Mühe ich mir gab, nicht das leiseste Flüstern über meine Lippen kommen zu lassen, und er tat sein Bestes, ein menschliches Lächeln zu imitieren, obwohl es sehr unangenehm für ihn gewesen sein muß. Für einen Frilissi ist das Entblößen der Zähne eine verletzende Handlung. Ich dankte ihm für das Kompliment, das er mir damit machte. Dann ging er weg.

Der dicke Fußbodenbelag hatte verhindert, daß ich Schritte hörte, aber in der Tat war jemand so leise näher gekommen, daß nicht einmal mein Diener ihn bemerkt hatte. Nur eine einzige dem Menschen bekannte Rasse von Lebewesen kann sich so leise bewegen, wenn sie will, und wir kennen keinen Namen für sie. Wir können ihre Sprache nicht sprechen, daher bezeichnen wir sie mit einem Adjektiv, das ihre Erscheinung sehr treffend charakterisiert – katzenartig.

Jil setzte sich und wartete still, bis ich meinen Wein getrunken hatte. Sie wußte nicht, wie man sich lautlos unterhielt, und auf andere Weise konnten wir uns nicht unterhalten, ohne den Frilissi ernsthafte Schmerzen zuzufügen. Demzufolge saßen wir einfach da und beobachteten uns gegenseitig. Ich fühlte mich wohl dabei.

Ich brauchte den Wein, um meine Gefühle abzutöten und wieder klarer zu denken. Ich dachte darüber nach, wie viele Gemeinsamkeiten Anthrus, Irina und ich hatten. Wie der Surrogat, waren wir Drahtzieher. Verbraucher. Das kleine Wunder Irina haßte John so sehr. Es muß für sie unangenehm gewesen sein, das letzte Opfer anzuerkennen. Es war für mich gewesen. Haß war ein bequemer Ersatz für Schuld.

Ich konnte nicht lange in der Frilissizone bleiben. Obwohl ich es nicht hören konnte, bereitete mir der ultrahochfrequente Ton ihrer Unterhaltung Kopfschmerzen. Ich bezahlte meine Rechnung, und wir gingen. Der Himmel sah nach Regen aus.

»Du hast mir nachspioniert«, klagte ich Jil an. »Warum?«

Sie war verlegen. Sie mußte meine Kleidung gerochen haben, um meine Spur aufnehmen zu können, und da ich die Kleider nur auf meinem Rücken hatte, muß sie sie, nachdem sie mich auf dem Balkon allein gelassen hate, in meinem Zimmer gerochen haben. Sie muß angenommen haben, daß ich gehen würde. Aber warum interessiert sie das?

»Du gingst nicht, um zurückzukommen, oder?« entgegnete sie.

»Nein«, sagte ich. »Aber du hast mir nicht geantwortet. Woher wußtest du, daß ich gehen würde? Und warum bist du mir gefolgt?«

Es begann zu regnen. Jil drehte sich um, als suche sie einen Unterschlupf, aber ich packte sie bei den Schultern. Sie leistete keinen Widerstand. Wir sahen uns eine lange Zeit an.

»Jil . . . ich bin einfach nur ein Typ, den du vom Boden aufgelesen hast.«

Sie sah auf den Boden. Der Regen verfilzte ihr Fell. Mechanisch strich sie es glatt. Sie sah wie eine ertränkte Katze aus; ich konnte mein Lachen kaum noch zurückhalten.

»Ich werde ein wenig komisch riechen«, warnte sie mich.

Ich brach in Gelächter aus. Sie sah überrascht auf und begann dann auch zu lachen. Unsere Blicke begegneten sich wieder, und plötzlich hatte ich ein starkes Verlangen danach, sie zu küssen . . . und tat es.

»Willst *du* zurückgehen?« fragte ich.

Sie schüttelte den Kopf. »Ich will mit dir gehen.«

»Aber deine Bilder?«

»Ich will nur das eine.« Ich wußte, welches. »Ich kann es später holen. Nicht weit von hier ist ein Hotel. Laß uns dort ein Zimmer nehmen.«

Ich hatte schon Zimmer mit Frauen aller Rassen genommen, trotzdem mußte ich überrascht feststellen, daß ich freudig erregt war, als ob ich neue Erfahrungen machen sollte. Es war in der Tat genau das – eine vollkommen neue Erfahrung. Ich war zuvor niemals mit einer Freundin ins Bett gegangen. Ich war glücklich.

Kichernd wie die Kinder rannten wir durch den Wolkenbruch, umgingen Pendelschiffe und Turbinenfahrzeuge, planschten in Pfützen. Ich stolperte und fiel den langen Weg hin. Wir waren beide völlig durchnäßt, und ich konnte mich nicht erinnern, wann ich jemals so gelacht hatte. Dann, als ich aufstand, sah ich, worüber ich gestolpert war.

Es war John.

Er lag auf dem Rücken auf der Straße, die Augen weit aufgerissen. Er war tot.

Jil heulte auf und sah weg. Ich kniete über seinem Körper, strich das wuchernde Haar aus seinem Gesicht. Sein Genick war gebrochen, offensichtlich lag er schon eine Weile da. Das brachte mich schnell in die Realität zurück. Jemand hatte ihn umgebracht. Niemand würde jemals erfahren, warum, und niemand wird sich jemals dafür interessieren. Es war eine Nacht in Port City.

Jil schrie plötzlich laut auf. Zu spät, ich sah, daß das Chorhemd vom Wind zurückgeschlagen war, und daß die Eidechse nicht mehr da war. Sie kletterte rasend schnell an meinem Bein hinauf. Ich versuchte, sie wegzuschlagen, aber sie war zu schnell für mich.

Ich sah Jil auf mich zu rennen und schrie, sie soll wegbleiben. Dann fühlte ich quälenden Schmerz. Ich sank auf die Knie, riß an der Kreatur, aber sie ließ mich nicht los. Ich schrie, halb vor Schmerz, halb aus Angst. Sengende Hitze durchströmte mich. Ich fühlte mich schwindelig. Schwach. Ich hörte Jil meinen Namen rufen. Ich konnte fühlen, wie ihre Hände mich berührten, wie sie versuchte, das Wesen loszulösen, aber sie schien so weit weg. Ich konnte fühlen, wie ich schwitzte. Warm. Es war – so warm! So entspannend und angenehm.

Laß mich gehen, Jil. Laß mich allein, es ist so ein schönes Gefühl. Ich hatte sie hart beiseite gestoßen. Ich wollte das nicht, aber es spielte keine Rolle. Nichts spielte mehr eine Rolle. Schrei nicht so, Jil, bitte ...

Sie versteht es nicht.

Wie soll ich es erklären? Es verletzt in Wirklichkeit gar nicht so sehr, es ...

Man kann es nicht erklären. Sie wird es niemals verstehen. Sie will es nicht. Vergiß sie.

Nein ...

Ich fühlte mich, als wäre ich in warme Vaseline eingebettet. Meine Haut hatte eine Konsistenz, die ich niemals zuvor bemerkt hatte. Welch wundervolles Etwas, meine Haut! Komisch, daß ich das niemals zuvor festgestellt hatte. Wie die winzig kleinen Härchen auf meinem Handrücken einem Weizenfeld gleichen ...

Und dort ist ein Stück, wo der Daumen und der Zeigefinger in diesen kleinen Gewebeteil zwischen den Fingern übergehen – ich konnte eine Vene zucken sehen. Winzige Miniaturvulkanausbrüche aus Blut flossen dort, direkt unter der Haut ... pumpen. Pumpen. Pumpen. Pumpen. Pumpen. Pumpen ...

Mein Kopf schien sich zu bewegen. Ich wünschte wirklich, er möge aufhören; völlig verwirrend ... Jil? Bist du das? Ich konnte mich nicht auf das Bild konzentrieren. Was? Warum ... Sie ohrfeigte mich. So etwas Dämliches.

Haltet sie zurück!

Ja. Haltet sie zurück. Regnete es? Irgendwie erinnerte ich mich an Regen. Merkwürdig. Die Sonne schien.

Farbenprächtige Felder von Indigo und Scharlach, blutrote Himmel übersät mit golden leuchtenden Vögeln.

Herrlich, nicht wahr?

Mmmmmmmmmmmmmmmmmm ...

Dort war ein Dorf. Primitiv. Und Leute, die in den Gärten ihrer Häuser schufteten. Krummbeinige Leute mit hervorspringenden Augen und ungeschickten Gelenken. Froschartig. Folgsam. Ruhig. Gelassen. Und jeder mit einer anhänglichen Eidechse ...

Nein, warte!

Es war verschwunden. Ich wollte mehr sehen. Der Regen rann an meinem Gesicht herunter, vermischte sich mit dem Schweiß. Die Straße war leer. Ich konnte in der Ferne den Verkehr hören. Verkehr und das tropfende, plumpsende Geräusch des Regens. Ich lag mit dem Gesicht am Boden in einer Pfütze. Meine Sehkraft kam zurück, und ich konnte meinen Vorfahren sehen, der im Dunst verfaulte. Armer John. Und nun ich Armer.

Mit einem Platschen stützte ich mich auf Hände und Knie und versuchte, etwas Luft in meine Lungen zu bekommen. Mein Kopf hing herunter. O Gott, es war so schwer, alles, was ich tun konnte, war, ihn hochzuheben. Ich tat es. Und ich sah Jil.

Sie lag auf der Seite, ein blutroter Strom färbte das Pflaster an ihrem Kopf. Ihre Lippen waren aufgerissen, ihre spitzen Zähne abgebrochen . . . meine Handknöchel zerschnitten und geschwollen.

Es klammerte an meiner Schulter. Beobachtete mich. Ich begann aufzustehen.

Mein Magen krampfte sich zusammen, ich wurde von Schüttelfrost geplagt. Ich kroch zu Jil hinüber, die blutend im Regen lag. Sie war nicht schwer verletzt, aber ich hatte sie bewußtlos geschlagen. Im Zorn schnappte ich nach dem Ding, das nun an meinem Arm klammerte. Ich fühlte die Krallen der Eidechse, zwei wahnsinnige Rasiermesser, die tief einschnitten. Ich schrie wieder auf. Ich hatte niemals so viele Gefühle in einer solch kurzen Zeitspanne erlebt: Frustration, Haß, Hilflosigkeit und Bedauern, Wut und Ekstase, Wertlosigkeit und Angst und süße, heitere Gelassenheit.

Und irgendwo zwischen Traum und Wirklichkeit, glaube ich, schrie ich vielleicht.

Das Bett war schweißdurchnäßt. Und ein Geruch lag darüber. Er war nicht angenehm. Er kam von mir. Meine Augen fühlten sich wie rostige Scharniere an, als ich versuchte, sie zu öffnen. Ich hörte eine vertraute Stimme. »Sieh, er bewegt sich.«

Déjà vu. Ich erblickte Anthrus' hämisch grinsende Fratze. Ich schloß meine Augen.

»Seltsam, wie ironisch das Leben doch sein kann, nicht?«

Man hörte das Geräusch eines Schlages und einen Schmerzensschrei. Ich öffnete meine Augen wieder und sah, wie Anthrus eine Seite seines Kopfes hielt. Jil stand mit dem Rücken zu mir, die Hand erhoben zu einem neuen Schlag. Man hörte ein Schnippen, als Anthrus seine Krallen zeigte. Und dann war Cilix zwischen ihnen, rief: »Nicht.«

Ich beobachtete sie mit Gleichgültigkeit. Jil drehte sich zu mir um. Sie sah nicht gut aus. Ich hatte ihr mehr Schaden zugefügt, als ich angenommen hatte.

»Wie geht's dir?« fragte sie.

Mein Mund bewegte sich wie von selbst. Er sagte: »Schwach.«

Cilix hatte Anthrus aus dem Zimmer geführt. Jil und ich waren allein. Nein. Waren wir nicht. *Es* war bei uns.

»Entschuldige«, murmelte ich. Aber es war nicht ehrlich gemeint.

Sie zuckte mit den Schultern. Das war eine menschliche Geste. Dennoch sah es bei ihr irgendwie natürlich aus.

»Ich versuchte ...« Sie sah weg.

»Ich versuchte ... das Ding wegzunehmen, als du schliefst ...«

Es ruhte auf meiner Brust, still.

»... aber du ließest mich nicht.«

Ich starrte sie an. Ich hörte, was sie sagte, aber es schien mir nicht wichtig.

Sie seufzte tief. »Jedesmal, wenn ich näher kam, tat ... tat es etwas, ich weiß nicht, was ... oder wie. Du hast uns nicht an dich herangelassen.«

Ich hatte Cilix geschlagen. Auch Yuri. Sie war bei Irina, weinte. Und ich hatte Jil verletzt, wieder. Also? Also hatte Anthrus recht. Leben kann Ironie sein. Ich war im Kreis gegangen. War es nicht das, womit ich begonnen hatte?

»Hör auf! Hör auf!« Jil schrie halb, halb schluchzte sie.

Warum? Was war ... ich hatte begonnen, die Eidechse ganz mechanisch mit zwei Fingern meiner linken Hand zu streicheln. Die Kreatur drehte sich um und beobachtete Jil. Und dann sah sie mich an. Ihr Blick war direkt. Behaglich.

Cilix stürzte in das Zimmer, als die Eidechse begann, langsam und faul an meiner Brust hochzuklettern. Ich nahm undeutlich wahr, wie sich Jil gegen Cilix' Griff wehrte. Sie war hysterisch. Ich schenkte ihnen nur wenig Aufmerksamkeit. Ich wünschte, *es* würde sich beeilen ...

Das Schluchzen und die Angstschreie ebbten ab. Ich fühlte starke Hitze und schloß meine Augen. Es war so wundervoll, und alles, was ich zu tun hatte, war, einfach dazuliegen. Der Schmerz war ein Teil davon. Das Brennen und die Verletzungen ... ich werde die Verletzung einmal sehr gut kennen. Meine Arme waren entzündet von all seinen Bissen, mein Genick ein einziges Narbengewebe von seinen Festessen an meinem Hals, meine Haut befallen von Ekzemen und Juckreiz, so lebte ich ein trauriges Leben in einem halb abgedunkelten Zimmer.

Ich hörte seine Stimme, ich kannte seine Wahrheit, ich sah seine Wunschbilder. Ich lebte die Geschichte der Isolation. Ich hörte die Stimmen der Vergangenheit. Die Sage von den Zharii – die froschartigen Leute mit den durchdringenden Augen.

»Was soll das heißen, sie sind nicht intelligent? Sind Sie verrückt? Ihr Grad an –«

»Ich sage Ihnen, Sir, sie sind *nicht intelligent!* Sie besitzen keinerlei Wahrnehmungsfähigkeiten. Wir haben mit diesen Eidechsen kommuniziert.«

Und das war der Anfang. Da geschah es, daß sie die Verfolgung aufnahmen.

Aber ihr brachtet sie um ...

Wir kontrollierten sie.

Stimmen. Weit entfernte Stimmen ...

»Es ist die Ökologie. Die Zharri vermehren sich wie die Kaninchen. Die Eidechsen erfüllen die Funktion von Raubtieren.«

»Großer Gott!«

»Wir können ihnen vielleicht ein Nullwachstum ihrer Bevölkerungsdichte oder irgend so etwas bringen. Ich weiß aber nicht, ob es gelingen wird ...«

Sie versuchten es. Das kam ihnen teuer zu stehen.

Ja. Das hatte es in der Tat getan. Die Terraner hatten einige Eidechsen von deren Zhariiwirten genommen. Die Ergebnisse waren katastrophal. Ich sah zerrissene und blutende Körper. Oder was eben von den Körpern noch übrig war. Zerfetztes menschliches Fleisch, noch pulsierende Organe, die sterbenden Menschen ausgerissen worden waren. Umherspringende Geistesgestörte mit Schaum vor dem Mund und satanischen, umhertastenden Fingern. Ich konnte sie nicht verjagen ... ich konnte nicht ... konnte nicht ...

Etwas packte mich. Jemand. Cilix. Jil lag auf dem Boden, ein zerschlagener, wirrer Haufen. Und da war Yuri. Und Irina. Yuri kniete neben Jil, Irina stand daneben mit einem Messer in der Hand.

»Verfluchte Sünde! Ich zerstückele diesen Bastard!« Sie stürzte los, und Yuri packte ihren Arm.

»Laß sie«, sagte Anthrus. »Sie hegt einen Haß gegen ihn, seit er ihr einen Korb gegeben hat. Ach was! Erlöse den armen Dummkopf von seinem Elend.«

»Nein ...«, stöhnte Jil kraftlos am Boden. »Bitte nicht! Es ist nicht seine Schuld. Er meint es nicht so. Mir geht es schon gut ...«

Ich konnte in die Tiefe all ihrer Seelen blicken. Irina dachte daran, mich umzubringen. Wenn nicht jetzt, dann später. Anthrus fühlte sich als Hahnrei, zumindest in seiner Phantasie, weniger in der Realität. Irinas Mordlust verursachte bei ihm eine sexuelle Erregung. Yuri war gleichzeitig angewidert und erschrocken, aber sie fühlte auch Mitleid. Cilix betrachtete mich als unheilbar krank und überlegte, wie ich am besten zu isolieren sei. Und Jil ...

Jil liebte mich. Ich wußte es, es war die unumstößliche Wahrheit. Und ich hatte die Antwort auf die Frage, die ich einmal einem Bild gestellt hatte: Wenn du in die Seele eines anderen siehst, fühlst du Hoffnungslosigkeit.

Die Wände waren kahl. Die Beleuchtung war minimal. Das Bett war hart. Der Boden war kalt. Jil und ich versteckten uns. Ein Teil von mir wünschte, sie möge gehen, ein anderer Teil wünschte, sie möge bleiben. Also tat ich nichts. Ich wußte nicht, was ich wollte.

Irina hatte gewußt, daß sie mich nicht töten konnte. Der Surrogat hätte es sofort bemerkt. Daher tat sie, konfrontiert mit einem Gegner, der jede ihrer Bewegungen im voraus kannte, das einzig logische. Die Behörden in Port City waren auf Raumfahrer, die mit gefährlichen Lebensformen, die tödliche Infektionen in sich trugen, umherwanderten, nicht gut zu sprechen.

Die Eidechse entsprach beiden Möglichkeiten. Als sie uns angezeigt hatte, flohen wir.

Sie würden nicht sehr gründlich nach mir suchen. Solange keine akute Gefahr der Infektionsverbreitung bestand, würden sie geneigt sein, es anders zu sehen, als sie es bei John getan hatten. Bestenfalls war es ein eindeutiger Fall von Verletzung der Quarantänebestimmungen. Aber Irina hatte offiziell Klage erhoben. Die Polizei war also gezwungen, wenigstens einen scheinbaren Versuch zu starten, mich festzunehmen.

Meinetwegen war Jil auch zu einer Flüchtenden gestempelt. Sie hatte den Restbestand ihrer Gemälde verkauft. Außer dem einen. Es war in der Ecke aufgestellt, in der sie nun schlief, zusammengerollt wie ein verwundetes Kätzchen. Sie starrte manchmal stundenlang darauf.

Ich wußte nicht, wer von uns am schlimmsten aussah. Die arme Jil war abgemagert, braun und blau geschlagen und ausgemergelt. Ich fürchtete mich davor, in den Spiegel zu sehen. Ich wollte es nicht wissen.

Offensichtlich konnte ich meine Anfälle nicht kontrollieren. Der Surrogat wollte Jil los sein. In geistig helleren Momenten schrie ich, jammerte ich, flehte sie an, mich zu verlassen. Aber sie weigerte sich. Der Surrogat und ich wußten beide, daß es zwecklos sein würde. So verfiel ich wieder in einen apathischen Dämmerzustand.

Von Zeit zu Zeit kamen Cilix und Yuri vorbei und brachten uns zu essen. Yuri saß bei Jil, versuchte sie zu trösten, ihr Mut zuzusprechen. Cilix sagte nie etwas. Das war aber auch gar nicht nötig.

Der Surrogat und ich begannen, eine harmonische Koexistenz zu führen. Ich litt nicht mehr an Schüttelfrost oder Übelkeit nach den Visionen. Ich gewöhnte mich an den Schmerz, und der Gestank, der von meinem Körper ausströmte, störte mich nicht mehr. Irgendwie hatte ich das Gefühl, daß John mit dem allen besser fertig geworden war. Ich brachte nicht die Kraft, den Willen auf, es zu bekämpfen, also lag ich einfach hilflos da, versuchte, die Situation zu akzeptieren. Tief in meinem Inneren konnte ich das nicht. Aber ich versuchte, nicht daran zu denken. Es gab nichts, was ich tun konnte. Eines Tages, vielleicht schon sehr bald, würde ich sterben . . . und dann würde ich frei sein.

Aber der Surrogat war nicht zufrieden. Tag für Tag kämpfte er um die Kontrolle meiner Persönlichkeit.

Möchtest du wie John sein?

Ich bin wie John.

Du bist anders.

Ich bin derselbe.

Du willst mich nicht anerkennen.

Habe ich denn überhaupt eine Wahl?

Ich will, daß du ein wenig pragmatischer denkst. Nicht wie John. Er war eine leere Hülle.

Ich mußte lachen. Er wollte, daß ich pragmatischer denke. Nicht wie John. Den Zigeuner zu spielen, war nicht gut genug für mich. Nein, ich war für ein höheres Ziel bestimmt. Der Surrogat zeigte zunehmend Mobilität.

Ich kann nicht die ganze Zeit für dich denken. Das ist ermüdend.

Was willst du von mir?

Akzeptiere mich!

Verlasse Jil! Hör auf, sie zu verletzen! Ich fühlte einen Flüssigkeitstropfen auf meiner Wange und öffnete meine Augen. Jil sah auf mich herab. Sie weinte.

»Ich kann nicht ertragen, was es dir antut.«

Ich seufzte. Ich fühlte mich sehr müde. »Geh, Jil. Bitte. Du kannst nichts tun.«

Sie schüttelte ihren Kopf. »Es muß etwas geben!«

»Töte mich!«

»Ich habe daran gedacht.«

»Ich weiß.«

»Ja. Ich weiß, daß du es weißt. *Es* weiß es. Es weiß auch, daß ich es nicht tun kann. Es haßt mich.«

»Ich hasse dich, Jil. Geh!«

»Du lügst.«

»Mach, was du willst.«

»Du liebst mich. Ich weiß, daß du mich liebst.«

»Du wirst ausgenutzt, Jil. Ich benutze dich genauso wie dieses Ding mich benutzt. Siehst du das nicht ein? Sieh uns an. Wir sind wie Anthrus und Irina. Bitte, Jil. Ich will nicht von deinem Kummer leben. Ich will dich nicht ausnutzen.«

»Nein! Nein! Niemand nutzt mich aus. Ich würde nicht zulassen, daß man dich ausnutzt.«

»Jil –«

»Hör mir zu. Du nutzt mich nicht aus. Du kannst es gar nicht. Du willst es nicht. Du hättest Irina ausnutzen können. Sie verlangte es von dir, aber du wolltest nicht. Du hättest John ausnutzen können, um Anthrus das heimzuzahlen, was er dich durchmachen ließ. Aber du tatest es nicht.«

Sie kniete zu meinen Füßen, hielt sich an meinen Knien fest, ihr Kopf ruhte dort, eine Julia, die um ihren Romeo trauert.

»Ich kann die Kreatur nicht für dich bekämpfen. Ich würde, wenn ich könnte. Du mußt selbst versuchen, ihrer Herr zu werden.«

»Ich kann nicht, Jil. Ich brauche sie.«

»Sie braucht dich!«

»Ich bin nicht frei, Jil.«

»Du irrst. Du bist frei, du siehst es nur nicht ein.«

Ich war zu müde, um zu streiten. Aber nicht zu müde, sie in dieser Nacht wieder zu schlagen. Der Surrogat gab mir Kraft. Mein Alptraum war immer der Morgen.

Die ganze Nacht hatte ich Visionen von den Zharii. Diese verhüllten Monster. Die Dämone, die nur der Surrogat bezähmen konnte. Wieder sah ich, wie sie die Reihen der Terraner lichteten. Nur sah ich dieses Mal auch die Vergeltung.

Ich sah, wie die Zharii zu Tausenden abgeschlachtet wurden. Und die Eidechsen mit ihnen. Meine Nacht war ein gewaltiger See aus Blut. Ich sah die verkohlten, schwarz gewordenen Reptilien im Todeskampfe zucken, ich hörte ihre schrillen Schmerzensschreie. Ich fühlte, wie mein eigenes Fleisch brannte, knisterte, knusprig wurde. Ich würgte und drohte an dem ätzenden Rauch zu ersticken. Ich mußte erbrechen, als alle meine Sinne von dem gewaltigen Todesspektakel ergriffen waren. Ich begann zu schreien. Jil konnte mich nicht hören. Ich hatte sie mit dem Gemälde von John bewußtlos geschlagen.

Ich erinnere mich nicht daran, gegangen zu sein. In meiner Tasche war Geld. Ich weiß nicht, woher ich es hatte. Ich aß seit, wie mir schien, Jahren zum erstenmal wieder ein herzhaftes Mahl. Der Surrogat war unter meiner Jacke versteckt. Ich war gewaschen, obwohl ich mich nicht daran erinnern konnte, mich gewaschen zu haben. Ich bot immer noch ein ziemlich mieses Schauspiel, aber wenigstens hatte ich die Energie zu gehen und roch nicht mehr ganz so schlecht wie vorher.

Ein Großteil meines Bewußtseins war inhaltsleer. Ich dachte einfach nicht nach. Ich wandelte in völliger Benommenheit, unbewußt setzte ich Schritt um Schritt; irgendwie wußte ich, daß ich eine Bestimmung hatte, allerdings nicht, was es war. Ich hatte Jil wie ein Häufchen Unglück auf dem Boden liegen lassen. Ihr Gemälde war ruiniert. Aber sie würde wieder zu sich kommen. Sie war nicht tot – vielleicht, weil ich immer noch einen Funken meines ehemaligen Ichs in mir hatte –, aber sie würde nie mehr wieder so aussehen. Ich rannte. Ich rannte, weil ich sie nicht umbringen wollte.

Der Lufthafen kam allmählich in Sicht. Ich betrat ihn durch das gigantische Tor.

Es würde immer Arbeit für einen Phasenverschiebungsnavigator geben. Ich hatte irgendwie Krach schlagen wollen. Nun, das war mir gelungen. Es muß unangenehm offensichtlich gewesen sein. Obwohl es für einen Mann mit meinen besonderen Begabungen eine Menge Stellen gab, konnte ich keine einzige bekommen.

Trotz aller Mühen, die ich mir gemacht hatte, um mir ein gesellschaftsfähiges Aussehen zu verleihen, sah ich immer noch wie eine Leiche aus. Captains haben die Angewohnheit, ein wenig eigensinnig zu sein, was die physische Gesundheit und die emotionale Stabilität ihrer Phasenverschiebungsnavigatoren angeht. Es war nicht damit getan, einen Weg in den Superspace zu finden und dann nicht fähig zu sein, einen Ausgang auszumachen. Ich muß nach einer sehr schlechten Wette ausgesehen haben. Auch kann ich wirklich nicht sagen, daß ich ihnen Vorwürfe machte. Ich hatte am Ende dieses Tages fast alle Möglichkeiten ausgeschöpft. Mir blieb noch eine Chance, aber ich war nicht gerade wild darauf! Es gab jene, die es nicht interessierte, ob sie das Strandgut des Raumes beschäftigten. Die Lharii.

Ich war niemals Söldner gewesen und hatte mir einmal geschworen, niemals so tief zu sinken. Jetzt aber war ich um einiges tiefer gesunken, als ich jemals für möglich gehalten hätte. Ich mußte mich aus dem Staub machen. Und es schien keine andere Wahl mehr zu geben.

Als ich darauf wartete, den Lhariicommander zu sehen,

dachte ich über die Zukunft nach. Wenn ich das Beste aus der Sache herausholte, hatte ich eine Chance, daß meine Sucht unentdeckt bleiben würde. Wie lange konnte John seinen Surrogat geheimhalten? Ich konnte es nicht in Erfahrung bringen. Zumindest würde ich bei der ersten Gelegenheit ein Schiff nehmen. Vielleicht hatte ich genug Glück, einen verlassenen Planetoiden zu finden, wo ich mich verstecken konnte, bis sie die Suche aufgaben, und wo ich meine noch verbleibenden Tage in friedlicher Einsamkeit zubringen konnte. Friedlich? Nein. Ich glaubte nicht, daß die Eidechse mir jemals Frieden gönnte.

Endlich gewährte man mir Zutritt zu den Gemächern Seiner Exzellenz Lord Commander Hhargoth. Meine Papiere waren in Ordnung. Er hatte sich herabgelassen, mich zu empfangen. Ich holte tief Luft und folgte seinem Leutnant, der sein Mißfallen, sich mit einem Terraner abgeben zu müssen, nur schlecht verbarg. Überdies noch mit einem ziemlich armseligen Vertreter dieser Spezies.

Die Decke des Büros war im Hinblick auf die Größe der Lharii sehr hoch. Sogar im Sitzen ließ Lord Commander Hhargoth mich winzig klein erscheinen. Die rotgefleckten gelben Pupillen beobachteten mich mit erwartungsvollem Blick. Ich zögerte, bevor ich einen Gruß zustande brachte – ausgestreckte, geschlossene Faust, dann geöffnet, um eine leere Hand darzubieten. Seine Exzellenz schien damit zufrieden zu sein. Er grunzte, schenkte mir ein kurzes Nicken und fuhr fort, meine Papiere genau durchzulesen.

Er runzelte die Stirn. Das war kein gutes Zeichen.

»Ist etwas nicht in Ordnung, Eure Exzellenz?«

Er blickte langsam auf. »Dies sind *Ihre* Papiere?«

Das war einfach genug zu kontrollieren. Er wußte das so gut wie ich auch. Es war eine rein rhetorische Frage.

»Wenn es Fälschungen sind, sind es sehr gute«, sagte er, ohne daß er seinen Blick auch nur für einen kurzen Moment von mir abwandte.

Ich antwortete immer noch nicht. Er quälte mich. Natürlich war mein Aussehen der Grund. Der Mann, der vor ihm stand, konnte kaum der Navigator sein, der in den Berichten beschrieben wurde.

Er vermutete ganz offensichtlich irgendwelche Drogen. Er

besah sich meinen Nacken. Der hohe Kragen meiner Jacke konnte die Narben nicht ganz verbergen. Ich bemerkte, wie er schneller atmete.

»Ziehen Sie Ihre Jacke aus!«

»Vergessen Sie's, Exzellenz. Wenn Sie mir nur meine Papiere geben würden, werde ich –«

»Ziehen Sie Ihre Jacke aus!«

Ich öffnete sie. Mit unheimlicher Geschwindigkeit sprang die Eidechse heraus.

Hhargoth war noch schneller. Er war auf den Füßen und griff nach seiner Seitenwaffe, noch Sekundenbruchteile, bevor die Kreatur auf seinem Tisch landete. Er zielte und schoß daneben, zerstörte dabei den schweren Quarztisch. Der Surrogat bemerkte seinen Irrtum und sprang zu mir zurück. Er verbiß sich in meinen Arm, und ich rannte weg. Wahnsinniger Schmerz explodierte tief in meinem Gehirn!

Ich strauchelte kein einziges Mal, stürzte kopfüber auf den Leutnant, warf ihn um und rannte weiter. Ich atmete schwer, stieß weitere Leute um, während ich rannte. Als ich noch ungefähr einen Meter vom Tor des Lufthafens entfernt war, blieb ich erst stehen. Ich bekam kaum noch Luft. Ich torkelte schwer, erhielt mein Gleichgewicht wieder und tauchte in der Menge unter, keuchend wie ein Asthmatiker. Die Leute starrten mich an. Ich griff nach der Wand eines Gebäudes, um mich festzuhalten . . . und fiel. Es war nichts mehr da, womit ich greifen konnte! Mein linker Arm war weg. Von der Schulter an. Ich starrte auf das verkohlte, knusprige Fleisch.

»O Gott! Lieber Himmel, warum passiert das gerade mir?«

Die Erscheinung wurde undeutlicher. Ich raffte mich auf und stolperte weiter. Jetzt fand ich ein ruhiges Gäßchen und sank dort, umgeben von grauen Wänden, zu Boden und verfluchte den Tag, an dem ich geboren wurde. Ich fühlte mich wie im Fieber. Wieder wollte ich meinen linken Arm benutzen, um mir den Schweiß von der Stirn zu wischen, und wieder geschah nichts. Ich begann unkontrolliert zu kichern. Meine verbliebene Faust stopfte ich in meinen Mund, um der Hysterie ein Ende zu machen. Mir war kalt. Sehr kalt. Ich konnte nicht verhindern, daß ich zitterte. Und ich schwitzte.

Mein Dämon klammerte sich an meinem Bein fest. Er war fürchterlich entsetzt. Seine Augen waren geweitet, sein

Schwanz zuckte nervös von einer Seite auf die andere. Sein Plan war ins Auge gegangen.

Ziemlich spät bemerkte ich, daß es noch nie mein erster Gedanke gewesen war wegzurennen. Ich hatte nur gehandelt, wie die Eidechse es geplant hatte. Wie ein Schachspieler hatte sie seine Bewegungen geplant, und ich hatte jeden Schachzug akzeptiert. Mit John oder jenem anderen namenlosen Besatzungsmitglied war das nicht gegangen, sie waren nur einfache Bauern. Aber als Navigator hätte ich Läufer sein können. Die rechte Hand des Königs. Als Phasenverschiebungsnavigator arbeite ich unmittelbar mit dem Commander des Schiffes zusammen. Und die Eidechse brauchte einen Commander. Und nicht irgendeinen Commander, sondern einen, der sich einen Dreck aus Isolation machte. Einen, dessen Heimat ihn ein wenig außerhalb des Gesetzes ansiedelte.

Ich mußte eine solche physische Verworfenheit erleiden, daß keine andere Mannschaft mich nehmen würde. Durch mich hatte die Eidechse fast ihren Lharii. Ich wäre verlassen worden, zurückgelassen zum Sterben, und die Eidechse würde der Surrogat des Schiffscaptains sein. Die Konsequenzen wären zu abscheulich, um sie hier auszuführen.

Das Licht nahm jetzt immer schneller ab. Ich hatte nicht mehr die Energie, mich zu bewegen. Ich wollte schlafen, hatte aber Angst, meine Augen zu schließen. Vielleicht würde ich sie nie mehr öffnen. Wie hatte Hhargoth es nur bemerkt? Wenn sie die Quarantäne ignorierten, war mein Surrogat vielleicht nicht der einzige ...

Am Eingang des Gäßchens erschien ein Schatten. Jemand war stehengeblieben und zögerte. Ich rannte los wie ein Tölpel. Der Schatten kam näher. Wer immer es auch war, er bewegte sich so unsicher, als wäre er betrunken. Für einen Lharii war er zu klein. Und als er meinen Namen rief, winselte ich.

Es war Jil.

Worte allein können nicht beschreiben, wie sie aussah. Ich kroch von ihr weg wie ein Insekt, bis es keinen entfernteren Flecken mehr gab, zu dem ich kriechen konnte. Und dort kauerte ich wie ein Baby, meine Hand schützte meinen Kopf, meine Beine waren angezogen. So fand sie mich, ich rief nach meiner Mutter.

»Warum bist du gegangen? Warum hast du mich verlassen,

warum?«

Ich warf mich auf sie und schrie. Ich hielt mich an ihr fest, als wäre sie die letzte Realität des Universums. Sie hielt mich, wiegte mich und streichelte mein Haar. Und dann sah sie die greuliche Wunde meines linken Arms. Ihr katzenartiges Wutgeheul war herzzerreißend.

Sanft, ganz langsam half sie mir, meine Jacke auszuziehen. An der Schulter war der Stoff mit dem Fleisch vermengt und löste sich daher nur sehr widerstrebend vom Körper. Sie wikkelte mich in die Jacke und hielt mich, als ich zitterte. Die Nacht war ruhig. Fast. In weiter Ferne hörte ich jemanden schreien. Dann fühlte ich eine Bewegung. Der Surrogat kletterte an meinem Bein hinauf. Ich stöhnte. Vielleicht war er wirklich sehr hungrig. Es war nur nichts mehr geblieben, was ich geben konnte.

Jil ließ mich los, sie seufzte tief. Zum erstenmal sprach sie direkt mit der Kreatur.

»Nein«, bat sie sanft. »Er ist verletzt. Er kann nicht. Du wirst ihn umbringen. Bitte. Nimm mich.«

Und sie hielt ihre Hand hin.

Die Eidechse zögerte. Sie drehte sich um und blickte Jil an . . . und traf ihre Entscheidung. Sie kroch auf ihre Hand und begann, an ihrem Arm hinaufzuklettern.

Ich weiß bis heute nicht, was mich gepackt hatte. Ich weiß nicht, woher ich die Kraft nahm. Mit meiner rechten Hand schlug ich nach ihr und fegte sie von ihrem Arm. Und dann raste ich los. Ich stürzte auf sie. Ich ergriff ihre Hinterbeine mit meinen Fingern und brüllte und grub meine Zähne tief in ihren Nacken.

Ich hörte ein lautes Summen. Die Kreatur quietschte und schlug zwischen meine Kiefer, und ich biß mit aller Kraft zu, die ich aufbringen konnte. Kaltes Blut spritzte in meinen Mund. Ich würgte, ließ aber nicht locker. Ich war wie ein wildes Tier, aufgestachelt zu einem Kampf, den ich nicht mehr kontrollieren konnte. Ich knurrte und schüttelte meinen Kopf, zerrte dabei am Fleisch. Fetzen davon rissen los, und ich hatte die Hälfte des kalten Körpers verschluckt, bevor die Eidechse tot war.

Ich hob meinen Kopf, meine Kiefer waren aufgerissen.

Jil wurde ohnmächtig.

Ich war verändert, danach. Ich hatte Krach schlagen wollen. Es war eine aufregende Stadt. Das neue Rom, zu dem alle Raumwege führten. Aber wie das eigentliche Rom aus der Urzeit, so hatte auch dieses Rom seinen Anteil an Dekadenz und Hoffnungslosigkeit. Ich war von der Dekadenz angezogen worden. Was ich statt dessen fand, war etwas ganz anderes.

Jil ist jetzt bei mir. Ich fühle mich besser und kann arbeiten. Hart arbeiten. Wir haben viel, wofür es sich zu leben lohnt, und es gibt viel zu tun.

Anthrus hatte mit einem recht: es war eine Erfahrung, an die ich mich erinnern werde. Wie der Surrogat gesagt hatte, will niemand wirklich die Wahrheit hören, wenn Lügen so viel attraktiver sind. Ich hatte die Wahrheit über mich kennengelernt.

Und ich überlebte.

Originaltitel: THE SURROGATE MOUTH

Aus GALAXY SCIENCE FICTION November/Dezember 1978

Paul Walker

MASCHINEN

1

Heute wurde die Polizei in Armstrong, Wisconsin, von einer Einwohnerin zum Campus des Benjamin Franklin Colleges gerufen; sie sagte, sie hätte Geräusche aus den naturwissenschaftlichen Gebäuden des Colleges gehört. Als die Polizei hinkam, fanden sie Dr. Chester G. Heine, Professor für klassische Literatur, bewaffnet mit einem Vorschlaghammer, inmitten der Ruinen des brandneuen, mehrere Millionen werten Computerkomplexes der naturwissenschaftlichen Fakultät.

Überrascht von dem ungewöhnlichen Verhalten und dem jungenhaften Grinsen des Professors, platzte einer der jungen Beamten heraus: »Sind Sie verrückt?« Worauf der noch sehr agile dreiundfünfzigjährige Heine erwiderte: »Mein Sohn, ich habe mich in meinem Leben noch nie besser gefühlt.«

2

Anthony Evans wachte gegen Mitternacht auf. Er nahm an, daß er einmal ins Bad gehen müßte, fühlte aber eigentlich keinerlei Unbehagen. Er blieb ruhig und fragte sich gerade, warum er aufgewacht war, als er die Stimme hörte.

Er konnte nicht verstehen, was sie sagte, wußte aber, daß sie aus der Küche kam, und an ihrem Tonfall erkannte er, daß sie etwas Unfreundliches sagte.

Noch bevor er die Küche erreichte, spürte er, daß die Stimme aus dem Radio kommen mußte; aber als er in die Küche kam, war die Stimme weg, und der Schalter am Apparat stand auf »Aus«.

Er drehte das Radio an. Es funktionierte einwandfrei. Aber er sah, daß es bewegt worden war. Er sah das an dem jetzt sichtbaren Viereck aus Staub unter dem Radio. Seit Jahren hatte er es nicht mehr bewegt.

Er sah aus dem Fenster. Nun kontrollierte er die Türen. Er

durchsuchte den Raum nach jedem Zeichen eines unerlaubten Betretens. Doch er fand nichts. Das Radio stellte er auf seinen alten Platz zurück, um den Staub zu verdecken. Bevor er aus der Küche ging, hatte er einen Moment lang das Gefühl, daß mit dem Licht etwas nicht stimmte, aber er war zu müde, um sich darum zu kümmern. Er ging ins Bett zurück.

Vor dem Einschlafen hatte er das Gefühl, etwas Unregelmäßiges im Geräusch seines Weckers entdeckt zu haben. Anstatt tick... tick... tick zu ticken, tickte er tick... poch... poch... tick, wie man es von einem schmerzenden menschlichen Herzen erwartete.

3

Letzte Nacht versammelte sich eine Menge von viertausend Leuten an dem weit ins Meer hinausragenden Kap Lochman, um die Predigt von Pfarrer Herman Allan Schuster über »Jesus und natürliche Lebensmittel« zu hören.

Als die Predigt beendet war, fragte er, ob jemand unter den Anwesenden bereit sei, vorzutreten und sich dem Herrn zu erklären. Wie erwartet, bildete sich sofort eine Menschenschlange. Der erste beim Pfarrer, der in seiner prächtigen, weißen Robe am Rand der Klippe stand, war Raymond J. Bolinski aus Allentown, der sagte, er sei den ganzen Weg nur gekommen, um den Pfarrer persönlich zu hören. In seinen Händen hielt er einen Teil einer Dreitausend-Dollar-Stereoanlage, von der er berichtete, sie sei einmal Mittelpunkt seines Familienlebens gewesen.

»Wenn uns jemand besuchte, zeigten wir ihm zu allererst die Stereoanlage«, sagte er. »Es war alles, worüber wir sprachen. Aber das hat sich geändert. Wenn uns heute jemand besucht, erzählen wir ihm von Jesus.«

Und damit warf Mr. Bolinski mit Hilfe einiger breitschultriger Gemeindemitglieder die Stereoanlage und alle Zubehörteile über die Klippe auf die darunterliegenden Felsen.

4

Als Anthony Evans am nächsten Morgen zur Arbeit erschien, überraschte er seine Sekretärin dabei, wie sie den Kopierapparat beschimpfte. Er arbeite nicht richtig, sagte sie, und ein gutgezielter Schlag wäre erfahrungsgemäß alles, was er nötig hätte.

Anthony tadelte sie, allerdings nicht sehr energisch, da er selbst an diesem Morgen sein Radio bestrafte, als es sich weigerte, ihm zu antworten.

Früh an diesem Morgen gab es einen Zwischenfall, und eine Menschenmenge versammelte sich in der Straße unter Anthonys Fenster. Irgendwie waren Einbrecher in die Lagerräume gekommen, ohne die Alarmanlage auszulösen. Es wurden Dinge bewegt, aber nichts mitgenommen. Ein großer, schwarzer Möbelwagen wurde draußen gesehen. Die Polizei wollte wissen, wie die Männer rein- und rausgekommen waren, da keine sichtbaren Zeichen von ihrem Eindringen oder Verlassen vorhanden waren.

Anthony war mehr um sein Auto besorgt. Es gab so eigenartige Geräusche von sich. Er kannte sich mit Autos aus. Er hatte sie schon seit seinem zwölften Lebensjahr repariert und dachte, er kannte alle ihre Eigenheiten, aber die Geräusche, die er an diesem Morgen hörte, waren einmalig: eher das Grunzen eines Tieres als der Defekt einer Maschine.

Spät am Abend kam er mit mieser Laune nach Hause. Er hatte eine Auseinandersetzung mit dem Mechaniker der Werkstatt gehabt, der darauf bestand, daß das Auto völlig in Ordnung sei und er Gespenster sähe.

»Ich habe mein Leben lang noch keine Gespenster gesehen!« hatte Anthony ihn beschimpft. »Und wenn ich jetzt damit anfangen sollte, hätte es sicher nichts mit Maschinen zu tun.«

Das war ganz richtig. Anthonys Leistungen im Leben waren eher bescheiden, aber bei allem, was mit Maschinen zusammenhing, brüstete er sich, obwohl es eigentlich nicht sein Beruf war, absolut fähig zu sein.

Zum Beispiel wußte er sofort, daß mit dem Garagentor etwas nicht in Ordnung war, als er sah, wie langsam es sich bei seiner Ankunft öffnete, als wäre es nicht glücklich, ihn zu sehen. Er hätte nachsehen sollen, aber er war müde und hungrig.

Das Haus wirkte an diesem Abend bedrückend. Er war nicht eigentlich niedergeschlagen. Es war vielmehr so, als wäre das Haus selbst niedergeschlagen. Zweifellos stimmte mit dem elektrischen System etwas nicht. Die Lichter reagierten aufs Einschalten so lethargisch wie das Garagentor.

Er ließ sein Steak verbrennen. Oder zumindest war es verbrannt. Er drehte sich nur einige Minuten um, und als er wieder nach dem Bratrost sah, spritzte und qualmte es. Das hätte es nicht tun sollen.

Er aß vor dem Fernseher, während er die Nachrichten sah. In Peru waren zwei Flugzeuge zusammengestoßen. Eine Massenkarambolage auf der Linie elf. Eine Fabrik war abgebrannt. Brandstiftung. Der neue Stromgenerator der Stadt war wegen eines Bedienungsfehlers des Technikers ausgebrannt. Der Bau des hiesigen Atomkraftwerkes wurde wieder durch Demonstrationen unterbrochen.

Während der letzten Meldung gab der Fernseher den entsetzlichsten Laut von sich, den Anthony je gehört hatte, und wurde schwarz.

Er saß da, starrte den Apparat an, in der Erwartung, er würde weiterlaufen, oder er würde explodieren, aber es geschah nichts von dem. Nachdem er seine fünf Sinne wieder beisammen hatte, schlugen alle Versuche fehl, ihn an diesem Abend wieder zum Leben zu erwecken.

Als er zu seinem kalten, verbrannten Steak zurückkehrte, merkte er, daß er keinen Hunger mehr hatte. Er war sehr beunruhigt, sogar ängstlich. Das Geräusch hallte in seinem armen Kopf wie ein schreckliches, verzweifeltes Aufstöhnen wider.

5

Die Lagerräume waren wieder ausgeraubt worden. An diesem Morgen kam der Eigentümer und mußte entdecken, daß alles weg war. Nicht einfach sein gesamter Lagerbestand, sondern alle maschinellen Einrichtungen im Lager waren verschwunden.

Einige andere Lager litten unter ähnlichen Diebstählen. Die

Polizei suchte überall nach dem schwarzen Möbelwagen.

Anthony rief einen seiner Freunde an, der ein fähiger Mechaniker war, und erzählte ihm von seinem Fernsehapparat. Der Freund entschuldigte sich, aber es sei unmöglich, daß er noch an diesem Abend vorbeikäme. Er hätte im Moment so viel zu tun, daß er nicht mehr alles schaffe. Und jeder Mechaniker, den er kannte, hatte genausoviel zu tun wie er.

»Was ist los?« fragte Anthony. »Was geht da vor?«

»Wie meinst du das?«

»Na ja, findest du es nicht sonderbar, was da so geschieht?«

»Es müssen die Schwierigkeiten sein, die sie mit dem Generator haben. Mich stört es nicht. Ich verdiene ein Vermögen damit.«

Als Anthony an diesem Abend nach Hause kam, ging der Fernseher wieder. Er hörte Nachrichten, aber anscheinend teilte niemand seine Ängste. Die Öffentlichkeit war im großen und ganzen eher über die Diebstähle der vergangenen Nacht besorgt. Sie waren nicht auf die Stadt beschränkt. Ähnliche Zwischenfälle ereigneten sich im ganzen Land, einige sogar in Europa und Japan. Das Phantastischste aber war der Diebstahl eines Atomkraftwerks – eine ganze Anlage war einfach über Nacht verschwunden, zurückgelassen wurde nur die leere Hülle des Gebäudes.

Anthony schlief nicht gut. Er wachte einige Male auf, als er ein großes Fahrzeug am Haus vorbeifahren hörte. Er stellte sich vor, es wäre ein schwarzer Möbelwagen.

6

Der Präsident rief für den folgenden Mittwoch den Notstand aus, aber bis dahin, das wußte Anthony, würde es nicht gutgehen. Überall wurden schwarze Möbelwagen gesehen, sogar am hellichten Tag, und der Polizei war es immer noch nicht gelungen, auch nur einen einzigen festzuhalten.

Jeden Abend ging er mit der Erwartung ins Bett, am nächsten Morgen etwas nicht mehr vorzufinden.

In der fünften Woche konnte er seine Gedanken nicht mehr länger für sich behalten. Er besuchte einen Freund, der

Science-fiction-Autor war, obwohl er ihn seit dem College nicht mehr gesehen hatte, und Anthony nicht einmal etwas von dem gelesen hatte, was dieser schrieb.

Er berichtete ihm von seiner Theorie, und sein Freund hörte ihm aufmerksam zu. Als er fertig war und den Freund nach seiner Meinung fragte, antwortete dieser: »Weit hergeholt, Tony, wirklich weit hergeholt.«

»Heißt das, daß du mir recht gibst, oder nicht?«

»Nein, ich kann nicht sagen, daß ich dir recht gebe, aber es hört sich nicht schlecht an. Ich wußte nicht, daß du das drauf hast.«

»Was, glaubst du, steckt dahinter?«

»Ich glaube niemals. Ich weiß.«

»Aber - was?«

»Nicht was - wer!«

»Also - wer?«

Der Freund lehnte sich dicht an sein Ohr und flüsterte: »Wer brachte Kennedy um?«

Anthony sah ihn verblüfft an.

Der Freund zwinkerte ihm wissend zu.

Anthony bedankte sich für den Kaffee und kehrte nach Hause zurück. Es hatte keinen Sinn, ins Büro zu gehen. Die gesamte Einrichtung war weg - auch die Aufzüge.

7

Während der Nacht wachte er kurz auf und stellte sich vor, das Haus wäre leer. Er glaubte, er hätte das Geräusch eines großen Fahrzeugs gehört, das die Straße hinunterfuhr. Am nächsten Morgen entdeckte er, daß es wahr war.

Sie waren weg.

Sie hatten es nicht gewollt. Sie mochten ihn lieber als die meisten. Aber sie gehörten zu ihrer eigenen Rasse.

Sie waren mit Bedauern gegangen. Sie wußten, daß sie nicht gehen sollten. Hatten getan, was sie konnten. Wurden mit Angst und Ärger belohnt.

Sie gingen weg.

Niemand wußte, wohin.

Vielleicht wußten sie es selbst nicht.

Wohin sie der schwarze Möbelwagen auch brachte.
Niemand hat sie je gefunden.
Sie kamen nie mehr zurück.

8

Anthony Evans III. saß vor seiner Konsole und starrte zu der großen Rakete auf ihrer Abschußrampe hinauf, wo sie auf dem riesigen Bildschirm über seinem Kopf abgebildet war. Es war ein schöner Anblick, und er war wahnsinnig aufgeregt. Es war schon eine sehr lange Zeit her, seit die Menschen zum Mond geflogen waren.

Er konnte über seinen Kopfhörer die Stimme des Kontrolleurs hören. »X-Minus zehn und zählen.«

Alle saßen vorgebeugt, atmeten kaum, zählten leise vor sich hin, als der Kontrolleur laut zu zählen begann.

». . . drei . . . zwei . . . eins . . . Feuer . . . *bitte?*«

Originaltitel: CLICK!

Aus GALAXY SCIENCE FICTION November/Dezember 1978

Jor Jennings

UNBEWÄLTIGTE PROBLEME

Der Rest ist tot. Ich bin ganz allein, sitze die Hälfte des Einundzwanzig-Stunden-Tages vor dem Radio, höre auf atmosphärische Störungen und frage mich, ob diese automatische Signalanlage immer noch ihr SOS in den Weltraum sendet. Es muß einen Weg geben festzustellen, ob sie noch funktioniert. Aber andererseits, wenn nicht, könnte ich es niemals bemerken. Mein Job auf diesem Raumschiff bereitete mich eigentlich nicht darauf vor, der einzige Überlebende auf einer fremden Welt zu sein. Ich war die Hure des Schiffs.

Oder Sextherapeut, wenn Sie meinen offiziellen Titel hören wollen. Wenn es auch nicht der ist, den mein Captain mir gab. Ein Sextherapeut ist der für das Gelingen einer normalen, zehnjährigen Raumforschungsreise entscheidenste Offizier; das sagten sie mir zumindest, als ich kam und mich nach freien Jobs erkundigte. Man kann sagen, ich bin der Führer eines Hundegespanns, der die Eskimohunde anhält, zusammenzuarbeiten, anstatt gegeneinander zu kämpfen. Nun hat dieser Schlittenführer einfach keine Hunde mehr. Es ist niemand mehr da, für den ich meine Arbeit verrichten kann. Und ich kann nicht einmal sagen, ob dieses gottverdammte Radio funktioniert.

Außerhalb der Kuppel ist die Luft brauchbar, wenn man sich nicht daran stört, daß einem Fadenwürmer in den Lungen wachsen. Fadenwürmer sind lange, weiße Fäden, die sich drehen und winden und zusammenschrumpfen, wenn man sie berührt. Oder vielmehr, wenn derjenige, der dich seziert, um dabei herauszufinden, warum du gestorben bist, sie berührt. Lenny und Mack starben an Fadenwürmern, nachdem sie eine ganze Woche lang gehustet und gekeucht hatten. Bryce, der die Sezierung vornahm, obwohl er selbst an Wundbrand in seinem gebrochenen Bein starb, sagte, die Fadenwürmer wären eine bewegungsfähige Pilzart, die aus inhalierten Sporen entstand. Er vermutete, daß sie fruchtbare Körper – Pilze – auf den Leichnamen ihrer Opfer produzierten. Wir behielten Lenny und Mack nicht lange genug da, um das herauszufinden.

Und die anderen? Nachdem das Schiff ein Loch bekommen hatte, gingen Rich (unser Captain) und Fred (Kommunikations- und Computertechniker) im Lander hinunter, um die Lage auszukundschaften. Sie kamen niemals zurück. Raumschiffe sind nicht dazu gemacht, auf Planeten zu landen, aber zu dieser Zeit hatten wir keine andere Wahl. C. C. hatte Glück. Er starb bei dem Absturz. Bryce' Bein wurde zermatscht, und da er der Sanitätsoffizier des Schiffs war, ignorierte er die Infektion so lange, bis es zu spät war. Lew wurde von etwas aufgefressen, das einen Meter lange, schwimmfußartige Abdrücke hinterließ. Schwimmfuß erbrach ihn zwar später, aber das half Lew auch nicht mehr. Alles, was sie jemals von Hugo fanden, war seine Baskenmütze, die auf einer grundlosen Schlammpfütze schwamm. Kris mußte sich mit Fieber ins Bett legen, war plötzlich von purpurroten Pusteln übersät und rannte schreiend in den Regen. Mel war der letzte, der gehen mußte. Er starb im Schlaf. Ich wünschte, ich hätte herausgefunden, warum, aber mein Reich war die Psychiatrie.

Glücklicherweise verbindet mich gewöhnlich nur wenig mit Leuten. Das ist ein Grundsatz meines Jobs. Eine Schiffshure kann nicht anfangen, ihre Lieblinge zu haben, nicht auf einer zehnjährigen Kreuzfahrt. Daher kommt's, daß ich von keinem der Todesfälle besonders berührt werde, oder auch von der ekelhaften Weise, die sie sich zum Sterben aussuchten. Ich wünsche nur, ich hätte jemanden da, der mir sagen könnte, ob das komische Rumpeln im Luftfilter etwas Ernstes ist.

Es kommt mir vor, als seien die Kaffeerationierungen für mich ein lächerlicher Auswuchs von Optimismus. Werde ich morgen noch hier sein, um den Kaffee zu genießen, den ich heute spare? Ich habe eine dauerhafte Nahrungsversorgung, vorausgesetzt, die Algen in ihren Tanks verderben nicht. Denn solange ich hier bin, werde ich eine Menge Grünzeug zum Backen, Kochen oder Braten haben, ganz wie ich will. Die einzige Art, wie ich es wirklich mag, sind papierdünn ausgebackene Pfannkuchen mit viel Himbeermarmelade. Ich aß die Himbeermarmelade, als gebe es kein Morgen mehr. Dann war plötzlich morgen und keine Himbeermarmelade mehr da. Die Schokolade ist auch fast alle. Was noch übrig ist, hebe ich für Notfälle auf. Der Kaffeevorrat ist in einem besseren Zustand. Wenn ich mich auf zwei Tassen am Tag beschränke, wird er für ein Jahr reichen. Sofern ich mich auf eine Tasse am Tag beschränke, nehme ich an, daß ich sogar zwei Jahre damit haushalten kann. Diese Annahme ist gut für meine Moral. Ich kann aushalten, bis Rettung kommt.

Oder vielleicht heißt es, ich werde ein oder zwei Jahre lang nicht gerettet? Wenn ich überhaupt gerettet werde. Wenn der Sender noch funktioniert. Die Sorge um den Kaffee erinnert mich auch an Sorgen um andere Dinge. Vielleicht sollte ich mir eine »Heute lebe ich, der Teufel soll morgen holen«-Einstellung zulegen. Oder ich könnte eine Liste aller Gründe für und gegen eine Kaffeerationierung anlegen und sehen, welche Seite die meisten Argumente hat. Natürlich sind nicht alle Argumente gleich gut. Ich könnte die Argumente mit den Ziffern eins bis fünf durchnumerieren und die Zahlen aufaddieren. Worte sind so eine unsichere Sache, ich fühle mich immer wesentlich sicherer bei Ergebnissen, wenn ich meine Sätze zu Zahlen reduzieren kann und sie mathematisch behandle. In Zahlen liegt Sicherheit, wie meine Mutter immer zu sagen pflegte (in anderem Zusammenhang).

Oder ich könnte mich vielleicht für vier Tassen am Tag entscheiden und planen, für sechs Monate zu bleiben. Oder drei Tassen und neun Monate. Oder ich mache den Kaffee nur halb so stark und . . . Entscheidungen, Entscheidungen! Zumindest gibt es mir etwas, worüber ich nachdenken muß.

Tagsüber fühle ich mich in der Fiberglaskuppel, die die Männer um unser gestrandetes Raumschiff errichtet haben, sicher. Die Strahlen des Nachglühens müssen den Nährboden sterilisiert haben, denn innerhalb dieses angenehmen Kreises sind keine neuen Pflanzen mehr gewachsen. Außerhalb der Kuppel wuchert der Dschungel. Schatten von Ästen wogen über die milchigweißen Dreiecke. Weinreben wachsen an den Seiten der Kuppel hoch, dabei entstehen mehr Schatten, als ich mir vorstellen kann. Ab und zu schlägt etwas Nußartiges auf die Kuppel zu. Manchmal rennen kleine Tiere quer über sie. Nichts gelangt jedoch durch. Tagsüber bin ich mir sicher, daß nicht einmal Schwimmfuß in die Kuppel eindringen kann.

Nachts fühle ich mich nicht so sicher. Wenn es einmal dunkel geworden ist, schlagen die Nüsse mit solcher Gewalt gegen die Kuppel, daß man glauben kann, es seien Raketen, die sie durchbrechen sollen. Die umherrennenden Tiere stelle ich mir nicht mehr als Eichhörnchen vor – sondern als Vampirfledermäuse. Das merkwürdige Rumpeln im Luftfilter klingt wie der Beginn einer Katastrophe. Dann gehe ich ins Schiff, stapele Kisten vor das gezackte Loch, das als Eingang dient (das Schiff fliegt auf seiner Gasschleuse), und lese, bis ich bei Licht einschlafe.

Ich lese die »Großen Bücher« nacheinander von A bis Z, Schummeln gilt nicht. Die meisten sind wirklich ganz schön langweilig, und so überfliege ich sie nur. Deshalb bin ich auch schon bei M. Wenn ich jemals lebend hier rauskomme, Junge, Junge, dann habe ich Kultur!

In der Kuppel sind Fenster, Dreiecke aus durchsichtigem Kunststoff. Flechtenartige Pflanzen sind darüber gewachsen und ließen Eisblumenmuster in Orange, Türkis und Violett entstehen. Mel ging am letzten Tage seines Lebens in voller Schutzkleidung hinaus, um sie abzukratzen. Seitdem sind die Flechten wieder gewachsen, und heute kann ich nicht mehr hinaussehen. Nicht, daß da jemals viel zu sehen war; nur massenhaft widerliche Äste, die von dicken Spaghettiseilen trieften, meist waren es Pilze – hier und da weißgepudert mit Schattierungen in Kupfer oder Blaugrün. Manchmal hörte man ein Krachen im Gehölz. Ob Schwimmfuß dort durchpflügte? Ich sah nie, was die Erschütterung verursachte. Nun kann ich überhaupt nicht mehr hinaussehen. Vielleicht ist das genauso gut. Wenn ich raussehen könnte, würde ich wahrscheinlich den ganzen Tag hinausstarren und darauf warten, daß etwas passiert. Ich bin ohnehin voll beschäftigt. Mit dem Lesen der »Großen Bücher«. Und ich lege einen Blumengarten an.

Nein, ich züchte keine Pflanzen aus Samen. Ich wünschte, ich hätte Blumensamen – und einen grünen Daumen, um bei ihnen sein zu können! Ich habe weder noch. Ich fabriziere Blumen aus Draht und Metallresten, die ich mit einem Lasergerät zusammenschweiße. Die Tulpen und die Narzissen sind am besten geworden. Meine Pfingstrosen waren bis jetzt alle Mißgeburten, aber ich versuche es weiter.

In meinem Blumengarten sind frische Dreckhügel. Ist ein Riesenerdhörnchen in den bezaubernden Bereich meiner Kuppel eingedrungen? Die Möglichkeit macht mir Sorgen. Nicht, daß der Eindringling meine Metallblumen auffressen würde oder am Ende gar mich. Ich befürchte, daß die Kreatur Krankheiten mit einschleppen könnte. Es sieht so aus, als werde ich heute abend wohl aufbleiben müssen und versuchen, das Ding zu fangen.

Ich mußte nicht lange warten. Das Tier kam bei Einbruch der Dunkelheit aus seinem Bau, und ich schlug es mit einem Rohr, bevor es bemerkt hatte, daß ich da war. Dann schlug ich es wieder, bis es so vermatscht aussah, daß es tot sein mußte. Es ist eine schwerfällige, schwanzlose Kreatur von Katzengröße mit kräftigen und starken Krallen versehenen Vorderbeinen, Hinterbeinen mit Schwimmfüßen und einem Paar winziger, fast menschlicher Arme, die den lippenlosen Mund am Vorderende des Körpers flankierten. Kein Nacken; es sah aus wie ein Fisch mit sechs Beinen. Vielfach facettierte Augen auf einziehbaren Stielen ersetzen das Kopfdrehen. Ein Augenstiel war verletzt und regenerierte sich wohl wieder. Die graugescheckte Haut des Tieres fühlte sich durch meine Untersuchungshandschuhe samtweich an, obwohl es keinen Pelz hatte.

Da alles, was einem biologischen Offizier ähnlich sieht, unser gestrandetes Schiff verlassen hat, glaube ich, ich sollte die Kreatur eigentlich sezieren. Aber ich denke nur noch daran, es möglichst schnell zu begraben, bevor es die Kuppel verseucht. Ich hebe ein kleines Grab aus und lege den Körper hinein. Dabei fällt ein Päckchen aus dem breiten, fischartigen Maul. Ich hebe den kleinen, eiförmigen Beutel aus Leder auf. Drinnen bewegt sich etwas unruhig hin und her.

Ich kann nicht widerstehen, den Beutel aufzuschlitzen. Ein junges Riesenerdhörnchen windet sich heraus. Es ist wie Elfenbein, so groß wie ein junges Kätzchen und seiner Mutter sehr ähnlich, außer daß es viel niedlicher ist. Gebären Riesenerdhörnchen durch das Maul, oder trug dieses seine Eier eines nach dem anderen in ein neues Nest in meiner Kuppel? Ich entschied, daß beide Möglichkeiten zutreffen. Riesenerdhörnchen haben eine einzige Allzwecköffnung, die einen doppelten Zweck als Maul und als Kloake erfüllt; und eines der Erdlöcher in meinem Blumengarten enthält ein zweites Ei, ein abgestorbenes, das in einem Nest liegt, das von der Isolation durch das Raumschiff umgeben ist.

Muß ich das Baby töten und begraben? Das kann ich nicht

mit ansehen, es ist viel zu niedlich. Ich rede mir ein, daß ein Tier, das gerade ausgeschlüpft ist, einigermaßen keimfrei sein muß. Und es ist so warm und herrlich weich, wenn man es berührt.

Was essen junge Riesenerdhörnchen? Grünes Kraut aus menschlichen Algentanks, erfahre ich. Der kleine Kerl sieht süß aus beim Essen, häuft mit seinen Futterarmen winzige Mengen an und schiebt sie in sein Mäulchen. Was braucht er noch? Muß er warmgehalten werden? Ich bereite ihm ein Heim in meiner Brusttasche. Dort verbringt er die meiste Zeit mit Schlafen, mit Unterbrechungen, wenn er sich streckt, windet und sanft murrt, was bedeutet, daß er wieder hungrig ist. Ich nenne meinen Liebling »Broke«. Riesenerdhörnchen »Broke«.

Die Fenster wurden über Nacht klar. Zuerst dachte ich, die Pflanzenschicht wäre abgestorben und heruntergefallen. Jetzt sehe ich, daß sie abgekratzt wurde, offensichtlich von Lavaschlangen – trägen, schwarzen, rauhhäutigen Tieren, in Form und Größe einem Alligator ähnlich. Sie haben geteilte Schwänze, die sie zum Greifen benutzen, winzige Futterarme wie Broke auf beiden Seiten ihrer lippenlosen, zahnlosen Mäuler und Augenstiele, die wie gefärbte Golfbälle auf ihren Abschlagplätzen aussehen.

Alle halbe Stunde oder so klettert eine Lavaschlange an den Weinreben, die über die Kuppel gewachsen sind, hoch und stiert schmatzend durch das Fenster. Oder zieht zumindest ihr Maul zusammen; Lavaschlangen haben keine Lippen. Warum? Das frage ich mich auch. Essen Lavaschlangen Menschen? Groß genug dazu sind sie sicherlich. Nur gibt es auf ihrer Welt keine Leute, an denen sie Efahrungen sammeln können. Oder? Vielleicht haben sie Rich und Fred verschlungen, entschieden, daß ihnen der Geschmack zusagt, und haben seitdem nach mehr gesucht. Ich glaube eher, daß etwas an der Kuppel die Lavaschlangen veranlaßt, sie für ein Ei zu halten. Ein Riesenei. Und Lavaschlangen sind programmiert zu warten, bis aus Rieseneiern etwas ausschlüpft, so daß sie die jungen Schwimmfüße vernichten können, bevor diese groß genug sind, um ihrerseits die Lavaschlangen zu vernichten.

Wie dem auch sei, solange ich in der Kuppel bleibe, bin ich

sicher genug. Und ich denke doch, ich sollte nicht hinausgehen. Nein, nachdem ich mir ausgemalt habe, wie Lavaschlangen sind, frage ich mich, was mit Rich und Fred passiert ist. Sie meldeten dem Schiff, daß sie sicher gelandet sind. Sie sagten auch, sie würden hinausgehen, um sich umzusehen. Das war das letzte, was wir von ihnen hörten. Ob Lavaschlangen finden, daß der Lander wie ein Riesenei aussieht?

Das ist meine erste Raumreise, daher kann ich das wirklich nicht entscheiden. Eine Menge Wissenschaftler an Bord waren immerhin alte Raumhasen, und sie stimmten mit mir darin überein, daß Rich verantwortungslos war. Ein guter Captain würde bei seinem beschädigten Schiff bleiben und einen anderen schicken, um die Planetenoberfläche in der näheren Umgebung zu untersuchen, vornehmlich Biologen und Geologen, die wissen, welche Vorsichtsmaßnahmen auf fremden Welten getroffen werden müssen. Nicht Rich. Tapfer meldete er sich selbst als Freiwilliger, um das Landungsunternehmen eigenhändig zu leiten, und wen nahm er mit? Einen Wissenschaftler, der bei der Beurteilung von Planetenoberflächen Erfahrung hatte? Nicht Rich. Er nahm seinen besten Kumpel mit, den Computermechaniker! Dann, anstatt jemanden zurückzulassen, der unseren einzigen intakten Lander zurückbringt, gingen sie beide zusammen raus und verschwanden prompt! Das ist unser Capt'n Rich. Keinerlei Vernunft, nur eine Menge scheinbarer Heldentaten. Und wenn Sie denken, er sei ein lausiger Raumcaptain, dann sollten Sie erst sehen, wie er im Bett ist.

Oh, er ist kein großartiger Liebhaber, aber das sind Raumfahrer nie. Sie lieben, als ob sie an eine im Orbit kreisende Raumstation andocken. Was Rich so ungewöhnlich macht, ist das, was er nachher tat. Er saß dann gut und gerne zehn, fünfzehn Minuten einfach nur da und erzählte mir, was für eine dreckige, scheußliche Hure ich war. Nun, wenn er das empfand, nehme ich an, daß er darüber sprechen mußte, und es gehört zu meinem Job, zuzuhören, egal, wie sehr ich mich dabei langweile. Ich frage mich immer noch, wie ein so grundlegend unzuverlässiger Mann wie Rich jemals das Kommando eines Raumschiffes erhalten konnte.

Was Fred angeht, er liebte genauso geistlos und schwerfällig wie er alles andere auch tat. Nach einem Jahr oder so hörte ich auf, ihm einen Orgasmus vorzutäuschen, um zu sehen, ob er es bemerkte. Er merkte es nie. So ist Fred. Ich glaube, der wirkliche Grund, weshalb Rich ihn so mochte, war, daß Rich sicher sein konnte, charmanter als Fred zu sein. Alle anderen an Bord des Schiffes hatten wenigstens einen Doktorgrad. Nicht, daß Fred wirklich dumm war. Er war einfach lahm. Er mußte aus sich selbst herausgehen und stundenlang nachdenken, bevor er sich auf eine Antwort festlegen konnte, selbst wenn die Frage hieß: »Wie geht's?« Seine Antworten waren ausführlich genug, wenn sie endlich kamen. Er war nicht impulsiv. Er war einfach nicht die Art Mann, die man mitnehmen würde, einen neuen Planeten mit unbekannten Gefahren zu erforschen, oder? Nein. Er war die Art Mann, die Captain Rich mitnehmen würde.

Broke gedeiht prächtig mit dem Grünzeug. Er ist seit einer Woche meiner Brusttasche entwachsen und reitet nun auf meiner Schulter – während seiner ruhigeren Stimmungen. Während seiner normalen Launen rennt er vor mir umher, klettert an der Innenseite der Kuppel bis zur Decke hinauf und läßt sich in mein Haar fallen. Das ist sein liebster Spaß. Er hat eine Menge mehr davon. Es sind seine Streiche, weshalb ich Broke für einen »Er« halte, einen frechen, kleinen Jungen. Eigentlich habe ich keine Ahnung, ob das Wesen männlich oder weiblich ist, oder ob einer dieser Begriffe überhaupt auf die Tiere dieses Planeten anzuwenden ist.

Manchmal befürchte ich, daß Broke mit seinen scharfen Krallen den Kuppelbau durchlöchert und Keime hereinläßt. Er genießt seine Kunststückchen so sehr, daß ich es trotzdem hasse, ihn zu erziehen. Außerdem weiß ich nicht, ob er mich immer noch liebt, wenn ich ihn einige Male versohlt habe. Womit ich sagen will, ich vermute, daß Bestrafung ihn veranlassen könnte, eine Abneigung gegen mich zu entwickeln. Im Moment ist er wirklich kuschelig und zärtlich. Vielleicht, weil er es liebt, regelmäßige Mahlzeiten zu bekommen, sein Bäuchlein kraulen zu lassen und eine interessante Gestalt zum Klettern zu haben. Was immer es auch sein mag, ich würde es sehr vermissen, wenn Broke begänne, mich zu meiden. Bevor ich das riskiere, riskiere ich es lieber, die Kuppel zu durchlöchern und, mehr oder weniger grauenhaft, an den fremdartigen Seuchen zu sterben.

Meine Sicherheit ist irgendwie schon beeinträchtigt. Ich muß jetzt jeden Morgen Netze aus regenbogenfarbener Seide ausräumen, die während der Nacht gewachsen sind. Vermutlich brachte Brokes Mutter (Vater? beides?) die Sporen auf ihrer Haut oder in ihrem Verdauungstrakt mit. Ich frage mich leicht unruhig, was sie außer den Sporen noch mitbrachte. Es ist normal für mich, morgens mit Blutwallungen aufzuwachen. So war es schon mein Leben lang. An den letzten Tagen wachte ich wie gewöhnlich hustend auf und war mir sicher, daß diese Fadenwürmer in meinen Lungen wuchsen. Es ist weniger, daß ich Angst vor dem Sterben habe, es ist der Gedanke, daß meine Lungen mit einem Wirrwarr von langen, weißen Würmern durchsetzt sind, die ich nicht ausstehen kann. Obwohl ich sogar weiß, daß es keine Würmer sind, es sind bewegungsfähige Pilze, ist mir der Gedanke unangenehm.

Als zweiter medizinischer Offizier an Bord mußte ich Bryce bei den Autopsien helfen. Und ich meine, ich habe Lenny und Mack recht gut gekannt, richtig? Und da waren diese Lungen, voll von sich windenden weißen Dingern. Ich mußte mich hinsetzen, weil ich dachte, ich würde ohnmächtig, nur war die Folge davon, daß ich mich statt dessen übergeben mußte. Und Bryce machte einen Scherz: »Mach noch nicht schlapp! Ich wollte dich gerade fragen, ob du mein Bein absägen kannst.« Und ich gab ihm ebenso scherzhaft zur Antwort: »Habe ich dir noch nie gesagt, daß ich in die Psychiatrie gegangen bin, weil ich kein Blut sehen kann?« Und Bryce? Nun, er fragte mich nie wieder. Er starb nur noch. Er starb, weil ich ihn im Stich gelassen hatte. Ich meine, ich hätte mich zusammennehmen und sein Bein amputieren können, wenn ich gewußt hätte, daß es notwendig war. Ich wußte es einfach nicht. Ich verstand ihn einfach nicht. Und das Schlimmste war, es war ein Versagen der Kommunikation. Und das dürfte *mein* Gebiet sein!

Es gelangen mehr und mehr Dinge in die Kuppel. Auf meinen Kupferchrysanthemen sind Kristallschnecken, bewegliche Makkaroni auf meinen Titantulpen. Die Luft wird von dem *zing! zing! zing!* der fliegenden Hummer erfüllt. Jeden Morgen, wenn ich aufstehe, muß ich die Fangspiele und Bockspringwettkämpfe der Raummäuse unterbrechen, Miniaturausgaben von Broke. Endlich entdecke ich den Grund für die Invasion. Ein ordentliches, kleines Loch vom Format Brokes ist in die Verkleidung hinter meinem Blumenbeet gefressen worden. Ich knie nieder, um das Loch zu flicken, und sofort starrt eine Lavaschlange zu mir herein und schmatzt mit ihren Lippen. Ich bringe den Flicken an und suche nach anderen Löchern in der Kuppel. Ich finde acht. Broke war offensichtlich fleißig.

Und was soll ich jetzt machen? Ich denke, ich koche mir noch eine Kanne Kaffee. Und esse meine Schokolade auf. Ich fände es schrecklich zu sterben, ohne meine Schokolade gegessen zu haben. Und ich lese ein gutes Buch – kein »Großes Buch«, einfach nur ein gutes. Ich würde in der Zeit, die mir noch bleibt, sowieso nicht bis Z kommen. Warum also M fertiglesen? Ich höre mit Molière auf und vertiefe mich in Molly Hart und die Piraten von Beteigeuze.

Drei Molly-Hart-Erzählungen weiter beginne ich mich zu fragen, wie es ist, mit jemandem zu schlafen, den man liebt. Und eine sich daraus ergebende Frage: Wie ist es, mit jemandem zu schlafen, den man nicht leiden kann? Nein, das ist nicht fair. Ich konnte sie alle leiden, sogar Fred. Sogar Rich – fast. Ich konnte sie alle leiden, weil ich meine Körperfunktionen dem Autopilot überließ und mir in der Zwischenzeit überlegte, was ich mit all dem Geld machen würde, das ich verdiente. Natürlich eine Ranch kaufen und Araber züchten, aber wo? Ich stellte mir vor, wie ich in der vielfarbigen Morgendämmerung eines Doppelsterns an einem fremden Strand entlanggaloppierte, während mein guttrainierter Körper, der zurückgeblieben war, den geschäftsmäßigen Enthusiasmus vortäuschte. Rich hatte recht, als er mich eine Hure schimpfte. Recht aus falschen Gründen vielleicht, aber dennoch recht.

Wenn ich zu den Jungs nicht fair war, waren sie nicht fair zu mir. Oh, ich bin nicht so attraktiv, ich weiß das. Ich sehe auf meine Weise so gut aus wie der durchschnittliche Raumfahrer auf seine Weise. Vielleicht besser. So mußten sie die ganze Zeit zusammensitzen und sich über den Frauengeschmack des Personalbüros beschweren, und beschwerten sich immer noch, nachdem ich hereingekommen war, als ob ich ein Stück Hardware sei, eine Maschine, ein Roboter ohne Gefühle. Natürlich sagte ich ihnen niemals, daß ich Gefühle hatte. Ich glaube, ich dachte, daß dies in meiner Tätigkeitsbeschreibung so festgelegt war. Der Schiffstherapeut sollte eine Art Gott sein, der über alle psychischen Katastrophen, in die auf langen Reisen jeder gerät, erhaben ist. Kein junges Mädchen, frisch von der Uni, die alle richtigen Antworten fürs Examen weiß und überhaupt nichts davon, wie Menschen sich wirklich aufführen, am wenigsten von sich selbst. Die nicht weiß, was sie tut, und sich weigert, dies zuzugeben, sogar sich selbst gegenüber. Die so daran gewöhnt ist, Befehle zu empfangen, daß sie nicht weiß, was sie ohne diese tun soll. Das ist es, was ich auf diesem Schiff wirklich brauchte! Jemanden, der mir Befehle geben konnte!

Statt dessen beschwerten sich die Männer am laufenden Band. »Wenigstens hätten sie sie uns aussuchen lassen können.« Ja, natürlich. Ihr Jungs hattet eine Wahl. Ihr konntet es tun oder nicht, gerade wie ihr wolltet. Ich erinnere mich noch daran, wie ich mir wünschte, ich hätte so viel Entscheidungsfreiheit gehabt. Aber ich hatte sogar eine Wahl. Ich kontrollierte den Dienstplan. Zugegeben, ich konnte keinen verweigern und meinem Job trotzdem noch nachkommen. Aber ich hätte gelegentlich einen freien Tag oder ein verlängertes Wochenende oder noch längere Freizeit einplanen können, wenn nötig, indem ich rätselhafte weibliche Unpäßlichkeiten vorgab. Statt dessen mogelte ich mich mit nicht einmal fünf freien Tagen im Monat durch. Und das, Herrschaften, ist zuviel des Guten.

Oh, ich hatte eine Wahl, ausgezeichnet, und ich entschied mich eben, meine Pflicht zu tun. So haßte ich meine Arbeit natürlich bald, nur bemerkte ich es nicht, ich war zu eifrig dabei, vorzugeben, irgendwo anders zu sein. Nicht auf einem Raumschiff, das auszog, unbekannte Welten zu entdecken, die um weit entfernte Sterne kreisten. Ich gab vor, an irgendeinem aufregenden Ort zu sein! Jetzt, wo ich in einer dämlichen Kuppel festsitze und darauf warte zu sterben, außer Drahtblumen, die von unheimlichen Pflanzen überwuchert werden, und Lavaschlangen, die genüßlich schmatzen, nichts Interessantes zu sehen ist, da wünsche ich mir, ich wäre wieder auf diesem Raumschiff und würde mit allen mir zur Verfügung stehenden Mitteln helfen, das Universum zu entdecken.

Was sie wirklich einmal tun müßten, ist, größere Raumschiffe zu bauen, damit jeder einen Platz hat, wo er oder sie allein sein kann. Wenn sie über etwas nachdachten, zogen sich die Jungs immer während des Dienstes zurück. Die Wissenschaftler meldeten sich zur Laboratoriumsarbeit an und hängten das Schild »Laufendes Experiment« an die Tür, um nicht gestört zu werden. Fred murmelte etwas von »Relais kontrollieren« und verschwand stundenlang im Maschinenraum. Rich zog sich an und machte endlose Raumausflüge und erklärte bei seiner Rückkehr, daß die Instrumente nicht ein so »genaues Gefühl« für die Position im Raum geben könnten. Meine Tätigkeitsbeschreibung beinhaltete Alleinsein nicht, und so konnte ich mich bloß in meiner Bude vergraben, dasitzen und fünfzehn oder zwanzig Minuten lesen, bis jemand begann und an meine Tür hämmerte. Jetzt ist niemand mehr da, der an meine Tür hämmern kann. Ich beginne, die Jungs zu vermissen. Letzten Endes waren unsere Mißverständnisse genauso meine Schuld wie ihre. Ich vermisse sogar Fred. Und noch eine Woche länger, und ich werde anfangen, Rich zu vermissen. Nur glaube ich nicht, daß ich noch eine Woche haben werde. Purpurrote Pickel gedeihen auf meiner Haut.

Am meisten vermisse ich Bryce. Es wäre schön, wenn noch ein anderer Arzt bei mir wäre, der mir sagen könnte, ob ich gesund oder krank bin oder sterbe. Auch wenn er sich irrte, wäre es schön, seine Meinung zu hören. Ich hasse es, mir meine eigene Meinung bilden zu müssen.

Broke muß wirklich ein großes Loch gefressen haben, das ich noch nicht gefunden habe, denn die Lavaschlangen sind schon durchgekommen. Heute morgen war eine im Garten und schmatzte mich an. Das heißt, sie grinste und verzog dann immer wieder ihren Mund. Jede Lavaschlange, die mich anblickt, tut das. Es scheint eine ihrer Gewohnheiten zu sein. Zu schade, daß Rich und Fred nicht hier sind. Sie waren die einzigen Experten fürs Lippenlesen an Bord des Schiffs; sie übermittelten sich immer geheime Botschaften, die keiner von uns verstehen konnte. Ich bin mir sicher, daß sie alle möglichen Theorien darüber aufgestellt hätten, was die Lavaschlangen nun in Wirklichkeit sagen wollten.

Ich versetzte der Lavaschlange einen Stoß mit meinem Laserschweißgerät, und sie rutschte unter das Schiff. Vermutlich ist dort ihr Loch. Aber ich hatte keine Lust, ihr nachzukriechen und das zu untersuchen.

Eine Woche ist vergangen, und ich bin immer noch nicht tot. Ich bin nicht einmal krank, wenn man die roten Pickel auf meiner Haut nicht als Krankheit ansehen will. Die menschliche Haut beherbergt normalerweise ganze Bakterienkolonien, die nicht nur nicht schaden, sondern helfen, den Körper vor schädlichen Keimen zu schützen. Niemand ist eine Insel: er ist ein ganzes Ökosystem. Richtig? Jedenfalls sieht es so aus, als ob die Bakterien, die ich mitgebracht hatte, durch einheimische Mikroben ersetzt werden, die dieselbe Funktion erfüllen, wenn auch etwas farbenfroher. Ich vermute, daß mein Darm auch einheimisch wird; mein Stuhl war gestern blau. Und ich habe mich noch nie besser gefühlt als jetzt!

Was mich stört, ist, daß es auf dieser Welt nichts gibt, was mir im entferntesten ähnelt. Meine winzigen Bewohner müssen nur für mich entstanden sein. Vielleicht waren sie zufällige Mutationen, die den irdischen Besucher irgendwie ganz brauchbar fanden, und ihre Nachkommen paßten sich der neuen – aber nur allzu zeitweiligen – ökologischen Nische noch besser an. Vielleicht. Ich nehme nur zu gerne an, daß die Schutzgottheit dieses Planeten diese Mikroben allein für mich erschaffen hat.

Und mir Broke schickte, der Krankheitskeime in so geringen Mengen bei sich trug, daß ich Antikörper bilden konnte, bevor sie meine bestehenden Abwehrkräfte überwältigten. Jedenfalls habe ich Antikörper gebildet, egal, warum. Mein Gamma-Globulin zerstörte wirklich einige Fadenwürmer, die ich in einer Petrischale untersuchte. Es macht Spaß, sich wieder mit der Biologie zu beschäftigen. Diese Art der Arbeit habe ich seit meiner Zeit als Studentin nicht mehr getan.

Die Pumpe im Luftfilter begann zu qualmen, deshalb versuchte ich, ihn anhand der Anleitungen in den technischen Handbüchern, die ich in der Bibliothek fand, auseinanderzunehmen. Es zeigte sich, daß der Filter von achtzehn Organismenarten bewachsen war – kein Wunder, daß die arme Pumpe überstrapaziert war! Ich sah keinen Sinn darin, ihn sauberzumachen, daher verbrachte ich den Tag damit, statt dessen Biologin zu spielen. Es ist sehr interessant. All das Zeugs auf dem Filter besteht aus D-Aminosäuren. Ich selbst bestehe aus L-Aminosäuren, wie die meisten Lebewesen auf der Erde. Eingeschlossen die Algen in meinen Algentanks. Von denen Broke lebt. Er wird die einheimische Vegetation nicht mögen. (Hypothese: Broke ist aus L-Säuren wie ich. Ich würde gern ein Stück von Broke abschnippeln, wenn ich sicher wäre, daß er meine Motive nicht mißverstehen würde.) Fadenwürmer und die roten Pickel auf meiner Haut sind D-Organismen. Wenn sie von mir zehren können, müssen sie zu dauernder Umstellung fähig sein. Warum?

Soweit ich mich an den Blick aus dem Weltraum erinnern kann, ist dies eine Welt von miteinander in Verbindung stehenden Kontinenten, pockennarbig wirkend durch große, runde, von Land eingeschlossene Seen, die wie alte Krater aussehen. Ich nehme an, das Leben entwickelte sich hier mehrfach, verschiedene Formen an verschiedenen Orten. Was geschieht, wenn D-Organismen, die sich von einem See übers Land ausbreiten, mit L-Organismen von einem anderen See zusammentreffen? Ich weiß es nicht, aber ich würde es wirklich gerne herausfinden. Die Entfernung zwischen D- und L-Gebieten kann nicht allzu groß sein, wenn Brokes Mutter zu Fuß von dort kam. Ich könnte es wahrscheinlich finden, wenn ich hinausginge und systematisch suchte. Wenn ich es wagte, hinauszugehen und zu suchen.

Molly Hart würde nicht zögern. Sie würde einfach hinausgehen und den ganzen Planeten untersuchen, wenn es sein müßte, auch zu Fuß. Wenn es ihr nicht gelänge, ihr gestrandetes Raumschiff in einen Heißluftballon umzuwandeln. Sicher. Für Molly Hart ist das nicht schwer. Sie kann ihrem Autor vertrauen, daß er sie nicht einem stieläugigen Monster gegenüberstellt, das sie nicht bezähmen kann. Was mich anbetrifft, so kann ich jeweils nur eine Lavaschlange mit meinem Laserschweißer abfertigen. Was geschieht, wenn ich aus der Kuppel trete und sie alle um mich versammelt sind? Außerdem wiegt das Batteriepaket zwanzig Kilo. Wenn ich das trage, werde ich nicht mehr viel an Nahrungsmitteln oder Campingausrüstung schleppen können, und ich wäre mir immer noch nicht sicher, ob ich etwas von der Größe Schwimmfuß' damit einschüchtern könnte. Wann werden sie nur eine Taschenstrahlerpistole mit unendlichem Energiereservoir erfinden? Ohne diese werde ich die Untersuchung verschieben, bis sie unbedingt notwendig wird, und den Rest des Tages damit zubringen, herauszufinden, ob und wie die SOS-Signalanlage funktioniert.

Interessant. Das SOS-Signal ist ein kohärenter Strahl sichtbaren Lichts mit einer Wellenlänge, die so gewählt wurde, daß sie die Absorptionsspektren von Wasserstoff, Ammoniak und anderen verbreiteten Formen interstellarer Gase durchdringt. Sie durchdringt nicht die Absorptionsspektren von Zweigen, aber andererseits nimmt man auch nicht an, daß Raumschiffe auf Planeten landen, und Zweige sind gewöhnlich kein Problem im Weltraum. Nicht, daß ich das Laubgewölbe verdächtigte, meinen Notruf zu absorbieren. Ich vermute, daß diese umherschaukelnden Fäden weißer Spaghettis ihn reflektieren. Die Empfängerskala blieb bei einer Einstellung, bei der – wie ich heute weiß – Licht der Standardwellenlänge für Notrufe aufgenommen wird und in ein akustisches Signal umgewandelt wird. Die Störung, die ich erhielt, muß mein eigenes Signal sein, das von dem Gemüse dort oben wahllos reflektiert wird.

Komisch. Die Jungs, die die Signalanlage aufgestellt haben, sollten es wirklich besser gewußt haben. Wahrscheinlich war es eine dieser Gruppenentscheidungen, bei denen jeder annimmt, daß der andere die Sache durchgedacht habe. Und ich habe geglaubt, Männer machen immer alles richtig, wenigstens, was Maschinen betrifft. Jetzt schätze ich meine eigenen Fähigkeiten besser ein. Soweit es eben möglich ist, sich besser einzuschätzen, wenn man alle hat sterben lassen.

Ich kann nicht einmal sagen, daß ich mein Bestes getan habe, um sie zu retten. In einer Situation, die medizinische Kreativität erforderte, spielte ich Kindermädchen, gewillt, Befehle zu befolgen, genau wie die Männer, die ohne Freds Führung der Checkliste für Notfallsituationen folgten, einschließlich Punkt vier. Aktiviere Notfallsignal – ohne sich jemals selbst – oder einen anderen – zu fragen, ob Laserstrahlen durch Baumwipfel dringen. Wir waren alle krasse Anfänger, die Männer und ich. Nun bin ich der einzige Anfänger, der übriggeblieben ist. Und ich verwandele mich in eine gigantische Retina.

Der rote Flaum, der auf meiner Haut gedeiht, ist eine Kolonie photosynthetischer Organismen, bei denen Rhodopsin – Sehpurpur – die Stelle von Chlorophyll einnimmt. Ist das nicht interessant? Ich wünsche, ich hätte jemanden, dem ich das erzählen könnte.

Jetzt gerate ich in Panik, ich weiß nicht, was ich machen soll. Broke kam letzte Nacht nicht heim. Er ist jeden Abend ausgegangen, ich vermute, er suchte weibliche Riesenerdhörnchen oder vielleicht auch männliche, aber er ist zum Frühstück immer zu Hause. Ich habe ihn fest unterm Pantoffel, nämlich unter den L-Proteinen, die er zum Überleben braucht. Außer daß er seit dieser letzten Nacht nie mehr zurückkam.

Ich denke, daß ich hinausgehen und ihn suchen muß. Ich werde an Schwimmfuß und die Lavaschlangen nicht einmal denken, ich werde einfach hinausgehen und Broke suchen. Nun, erst werde ich mein Laserschweißgerät checken, damit es auch mit Sicherheit gefüllt ist.

Die Lavaschlangen umringten mich, sobald ich vor der Tür stand. An diesem Morgen sind es elf, alle schwarz wie die Hölle, phallisch wie Freuds Zigarre. Während sie zu meinem Laser eine sichere Distanz wahrten, grinsten sie oder verzogen ihre Mäuler, als ob sie »eeee-oh« rufen. Aber es kommt kein Laut über ihre Lippen.

Vielleicht ist das der Gruß der Lavaschlangen. Nur für den Fall, daß sie versuchen, freundlich zu sein, sehe ich eine an, mitten in die roten Golfbälle auf Stielen, von denen ich vermute, daß es ihre Augen sind, und sage so deutlich ich kann »Hallo«. Als ich das tue, stelle ich fest, daß mein Mund dieselben Bewegungen wie der ihre macht.

Und die Schlangen werden wild. Ich habe einmal in meinem Leben das Richtige gesagt – nein, stimmt nicht. Ich sage durchschnittlich zweimal im Jahr das Richtige. Dieses Mal habe ich ein Gefühl, das man sonst nur hat, wenn man mit jemandem – oder etwas – auf derselben Wellenlänge ist. Junge, dieser Durchbruch bei interstellarer Kommunikation ist wirklich großartig. Keine von uns zwölfen kann sich wieder beruhigen. Wir sagen »Hallo« und »eeee-oh«, wieder und wieder.

Ein vertrauter, glucksender Singsang unterbricht unser fröhliches Geplauder. Es ist Broke, gehalten von einer zwölften Schlange, die sich hinter einem Büschel beweglicher Makkaroni versteckt hatte. Freigelassen schießt Broke auf mich zu, springt von meinem Knie auf meine Brust (autsch!) und auf meine Schulter, schnattert dort glücklich in mein Ohr. Also kidnappten die Lavaschlangen Broke, um mich aus der Kuppel zu locken, oder?

Okay. Sie sind charmanter, als ich dachte.

Jetzt sagt die eine Schlange etwas Komplizierteres als »eeee-oh«. Ich habe das Gefühl, daß ich wüßte, was, wenn ich nur Lippen lesen könnte. Aber Rich und Fred waren die einzigen Lippenleser an Bord. Eines der Dinge, die ich am meisten an ihnen haßte, war die Art, wie sie sich geheime Mitteilungen zukommen ließen, Botschaften, die sonst niemand verstehen konnte. Ich dachte immer, daß sie über mich sprachen.

Angenommen, ein paar lippenlesende Erdenbürger landen auf einem Planeten, treffen zufällig einige intelligente Tiere und versuchen, ihnen eine terranische Sprache beizubringen. Die Eingeborenen, selbst ohne Stimme, erkennen nicht, daß Laute der Kommunikation dienen können, und denken, daß alles nur Lippenbewegungen sind. Das ginge prima mit den lippenlesenden Menschen. Das nächste Besatzungsmitglied, das vorbeikommt, würde wohl nicht verstehen, daß die Eingeborenen englisch »reden«.

Eines verstehe ich. Die Lavaschlangen wollen, daß ich ihnen irgendwohin folge. Sie sind in der Tat sehr hartnäckig. Ich denke, ich werde besser mit ihnen gehen. Nur – entschuldigt, Lavaschlangen. Ich will einige medizinische Ausrüstungsgegenstände zusammenpacken und mitnehmen. Ich habe so einen Riecher, daß ich sie brauchen werde.

Wenn ich den Laserschweißer mitnehme, kann ich den Spektroanalysator nicht einpacken, denn beide passen sie nicht in meinen Rucksack. Was werde ich eher brauchen, etwas, um einen Schwimmfuß zu versengen, oder etwas, womit ich einige Proteine analysieren kann? Ich bin sicher, daß ich Proteine analysieren muß, wenn auch nur, um L- und D-Nüsse und -Beeren auszusortieren. Ich bin mir nicht sicher, ob ich eine Waffe brauche, oder ob diese ausreichend sein wird, wenn ich sie brauche. Ich lasse den Laser mit Bedauern zurück und stelle fest, daß ich damit auch meine Angst zurückgelassen habe. Unbewaffnet vertraue ich, weil mir gar nichts anderes übrigbleibt.

Eine halbe Stunde später sind wir aus den Spaghettisümpfen heraus, ohne auch nur einen einzigen Schwimmfuß gesehen zu haben! Etwas so Großes muß ziemlich selten sein. Irgendwann muß ich wieder zurückkommen und herausfinden, wie sie aussehen. Jetzt aber gehen wir zu dem Ort, wohin ich gehöre, goldene, grasbewachsene Hügel, entfernt purpurrote Berge, grünes Gras und Wasser von einem Binnensee. Das scheint L-Gebiet zu sein. Broke, der sich niemals zuvor für die Biologie seines eigenen Planeten interessiert hat, verläßt mich jetzt zu zahlreichen Ausflügen, kommt mit Beeren und Kornähren zurück, ißt die genießbaren Teile auf meiner Schulter, vergräbt die Schalen in meinem BH. Instinkt ist eine wunderbare Sache.

Die dominierende Lebensform in diesem goldenen Land ist eine Art kamelfarbenes Lama mit Flügeln, das in Herden lebt. Die Tiere scheinen zahm, freundlich, neugierig und groß genug, einen kleinen Mann (oder eine Frau) bei kurzen Flügen zu tragen. Ich wette, sie könnten dazu dressiert werden, wenn man sie jung genug erwischt. Und das ist es, was ich mit dem Rest meines Lebens anfangen will. Hierbleiben und fliegende Lamas züchten.

Broke will auch hierbleiben und all die Erdlöcher im Boden untersuchen, die seine Größe haben.

Die Lavaschlangen wollen jedoch nicht hierbleiben. Sie gehen weiter, nachdem sie einige Köstlichkeiten für meinen Verzehr gepflückt haben, und halten mich gewaltsam davon zurück, andere Dinge zu essen. Sie scheinen meine Biochemie ziemlich vollständig zu kennen. Wenn sie so schlau sind, warum haben sie dann den Jeep nicht erfunden?

Als wir zum Schlangenhügel, der einen Sechs-Stunden-Marsch vom gestrandeten Raumschiff und seiner Kuppel entfernt liegt, kommen, lerne ich, daß sie überhaupt keine Maschinen besitzen. Lavaschlangen vollbringen alles durch biologische Hilfsmittel. Glühwürmchen beleuchten ihre Tunnel. Sie haben Rich und Fred in einer sterilen Umwelt isoliert, hinter einem Netz von lebendigen Fasern, die die einströmende Luft gründlich von Krankheitskeimen reinigen und diese essen. Rich ist offensichtlich ein ziemlich kranker Mann. Er sieht mich an, als ich hereinkomme, und dreht sich mit einem Stöhnen um. Fred liegt nur da und sagt nichts. Ich kann nicht sagen, ob er krank ist oder nicht. Er benimmt sich immer so.

»Rich. Fred.« Ich sollte etwas Nettes hinzufügen, etwa »Schön, euch wiederzusehen«, aber ich kann mich nicht dazu bringen, es zu sagen. Es ist nicht schön, sie wiederzusehen. Ich habe mich sehr verändert, seit ich sie das letzte Mal gesehen habe. Wenn ich mit Rich und Fred zusammen bin, erinnert mich das an mein früheres Ich. Und ich hasse mein früheres Ich.

Rich hat gerade genug Energie, um seinen Kopf von der Matte hochzuheben und zu sagen: »Na, wenn das mal nicht unsere Schiffshure ist!«

»Du hast recht! Sie ist es!« stimme ich ihm zu. Rich kann sich mit unlogischen Antworten nicht abgeben, aber ganz im Gegenteil zu einem Computer hat er nicht genug Verstand, sie zurückzuweisen. Er überdenkt sie immer wieder, bis er völlig verwirrt ist. Ich hatte damit eine Menge Spaß auf dem Schiff. Nun wünsche ich, ich hätte das nicht mehr. »Ich bin jetzt der Sanitätsoffizier des Schiffs. Ich wurde befördert«, erklärte ich und warte darauf, daß Rich mich korrigiert. Ein Wechsel des Jobs auf derselben Ebene ist keine Beförderung, und außerdem kann ich mich nicht selbst befördern. Rich genoß es immer, auf einen Irrtum hinzuweisen.

Dieses Mal antwortet Rich nicht. Nein, er ist nicht eingeschlafen oder in Koma gesunken. Das habe ich gerade kontrolliert. Es sieht so aus, als wolle er nicht streiten. Ich gebe Rich auf und wende mich Fred zu, eine Verzweiflungstat, wenn es so etwas jemals gab. Ich versuche angestrengt wie ein Arzt zu klingen, als ich ihn frage: »Na, was haben wir denn für Probleme?«

Fred denkt ein oder zwei Minuten über die Frage nach. Endlich wagt er es. »Du bist überall rot.«

»Das macht nichts, nur ein wenig einheimische Färbung. Was ist mit dir?«

Fred denkt noch einen Moment länger. Dann: »Wir verloren den Lander.«

»Machtet eine Bruchlandung, meinst du wohl?« frage ich, als mir einfällt, daß sie dies nicht taten.

»Nee. Wir haben dieses Ding einfach verloren. Wir haben's abgeschlossen und gingen hinaus, um die Aussicht zu genießen, und müssen dann eine falsche Richtung eingeschlagen haben oder so etwas; wir fanden den Lander nie wieder, und das ist das Blödeste, was jemals jemand getan hat! Wenn die Behörde das herausfindet, wird sie wissen, daß Fred Boyle für den Raum zu alt ist, ganz bestimmt!«

Mit dreiundfünfzig ist Fred der älteste Raumfahrer. Diese Tatsache stand in meinen Akten. Meine Akten sagten allerdings nicht, daß er sich Sorgen darüber machte. Was dachte er, das er noch tun müsse, um zu beweisen, daß er immer noch jung genug für den Raum war? »Das gehört doch nicht zu deiner Verantwortung«, sage ich, um ihn zu trösten. »Rich, als Expeditionsleiter –«

»Nee«, unterbricht Fred mich. »Es gehört zu meinem Job, für jeden einzuspringen, bei dem ich merke, daß er seine Pflichten nicht mehr ganz erfüllen kann, und Rich war ziemlich aufgeregt, weil er sein Schiff verloren hat. Das war sein erstes Kommando, weißt du!«

»Ich weiß.« Diese Tatsache stand auch in meinen Akten. Ich hatte sie ignoriert. Rich erzählte so viele prahlerische Geschichten von Expeditionsführungen auf kartographisch noch nicht erfaßten Welten, daß ich annahm, er wäre ein kampferprobter Commander. Ich hätte es besser wissen müssen. Er bluffte nur.

»Eine Raumschiffbesatzung sollte ein Team sein«, informiert mich Fred. »Nicht ein Haufen von Halbweltaffen, von denen jeder versucht, am lautesten zu schreien. Wir sollten uns gegenseitig um uns kümmern und nicht einen Jungen fertigmachen oder so. Oder aber es ist die reinste Hölle für jeden, einschließlich des Oberschreihalses. Keiner bleibt verschont. Zehn Jahre reine Hölle. Und das ist etwas, was diese Möchtegernwissenschaftler nie verstanden haben, trotz all ihrer gewichtigen Worte. Ist das deine erste Reise, Crys?«

Ich nickte.

»Ja. Du sagtest nie viel über dich selbst, aber ich meinte, das sei gut. Gib den Raum deswegen nicht auf. Ich meine, das war absolut, ohne Ausnahme, das schlimmste Schiff, auf dem ich jemals gewesen bin, und ich war auf einigen. Ich meine, ich war bei Schmugglern und bei Sträflingen, und sie benahmen sich besser als diese Jungs! Hey, Crys!« Es sieht so aus, als ob Fred noch einen anderen Gedanken hatte. »Wenn du jetzt Sanitätsoffizier vom Schiff bist, heißt das, daß du deinen alten Job nicht mehr ausübst?«

»Genau das heißt es!«

Und all die Wut, die ich nicht äußern wollte, kam in diesem einen kurzen Satz zum Ausdruck.

»Hey, nimm's doch nicht so schwer! Ich meinte nur . . .«, und Fred sieht aus, als wäre er genauso verlegen wie ich. »Ich bin bei Gesprächen oft geflüchtet, ich konnte den Gedanken nicht ertragen, daß alles aufgezeichnet würde und jemand vielleicht denken würde, ich sei senil oder so etwas.«

»Senil?« hakte ich nach. Das scheint das Schlüsselwort zu sein. Wenn Fred im Begriff ist, die wahre Natur seines Problems zu erkennen, wird er sich mit diesem Wort beschäftigen müssen. Wird er es? Wer bin ich jetzt, das alte Ich oder das neue Ich?

»Crys? Du hast deinen Job gehaßt, nicht wahr?« will er wissen.

Das ist etwas, worüber ich jetzt nicht nachdenken will. »Hör mal, ich muß eure medizinische Vorgeschichte kennen. Hast du oder Rich irgendwelche – äh, ungewöhnlichen medizinischen Probleme gehabt?«

Fred überlegt eine Minute. Eine Minute weniger als gewöhnlich.

»Nun, nachdem sie uns zu sich genommen hatten, begannen wir, Würmer auszuhusten, deshalb ließen sie uns Giftgas einatmen. Und jetzt – ich denke, ich fühle mich wohl. Nur nervt mich die Isolation. Rich? Ich weiß nicht.« Fred senkt seine Stimme; er will nicht, daß Rich das Folgende hört. »Ist er wirklich krank oder verzehrt er sich nur in Kummer wegen seines verlorenen Schiffs?«

»Wenn du dich in Kummer verzehrst, heißt es nicht, daß du wirklich krank bist?« Jedenfalls brachte man uns das auf der Schule so bei. Nur bedeuteten mir diese Worte nichts – bis jetzt. »Ich werde etwas Blut brauchen«, sagte ich, »um zu sehen, ob ihr Antikörper zu den Faden- . . . äh . . . Lungenwürmern entwickelt habt. Wenn ja, dann könnt ihr sofort hier weg. Wenn nicht, könnt ihr etwas von meinen Antikörpern haben. Also, von welchem Arm soll ich das Blut nehmen?«

Fred krempelt widerstandslos seinen linken Ärmel hoch, fragt dann mit gespielter Gleichgültigkeit: »Hast du deinen Job gehaßt oder einfach nur mich?«

»O nein!« Es war nicht nur Fred. Es war Fred und Rich und ein paar von den anderen. Und Ehrlichkeit ist nicht immer die beste Politik. Nicht, wenn man auf einer unerforschten Welt gestrandet ist, die Lichtjahre von der nächsten menschlichen

Siedlung entfernt ist, und gerade entdeckt hat, daß die SOS-Signalanlage nicht funktioniert.

»Du hast deinen Job gehaßt?« Fred will sichergehen. Er muß sichergehen.

»Hm, na ja – ich war wohl nicht sehr gut darin.« Als ich die magischen Worte ausspreche, weiß ich, daß sie wahr sind. Es ist kein Problem, eine Hure zu sein.

Das Problem liegt darin zu versuchen, eine zu sein, wenn man es nicht ist.

Rich brüllt vor Lachen. »Sag das noch mal!«

»Nanu! Nachricht von einem anderen Planeten erhalten, wie! Also fühlst du dich besser, oder? Zu schade«, höre ich mich sagen.

»Was ist los, Crys? Leidest du zum erstenmal in deinem Leben an einem echten Gefühl?« Rich grinst höhnisch und springt auf.

»Und wenn du die Art, wie ich meinen Job erfüllte, nicht leiden konntest, wer war es denn, der die Punkte falsch berechnete und das Schiff in all die Meteore lenkte?«

»Ich ruinierte das Schiff, weil ein verdammter Wissenschaftler mich mit falschen Daten gefüttert hat!« Rich schreit und wedelt mit den Armen.

O ja. Das muß Mel gewesen sein. Er verwechselte immer sechs und neun miteinander.

»Entschuldigt, Leute, wir bekommen Besuch. Ich dachte, das würde euch interessieren«, unterbricht Fred und weist auf die lebende Wand zwischen uns und vier oder sechs Dutzend Lavaschlangen, die uns aufmerksam betrachten.

Eine von ihnen kriecht durch die Wand und »unterhält« sich eine Weile mit Rich und Fred. Die Männer antworten, unterhalten sich miteinander, sehen mich an und brechen in Gelächter aus.

Dieses Mal haben sie über mich geredet, dieses Mal habe ich keine Wahnvorstellungen.

»Hey, Jungs, ich verstehe nicht, was ihr sagt, wie wär's mit einer Übersetzung?« bitte ich.

Rich und Fred sehen sich an, kichern wieder, dann endlich antwortet Rich: »Crys, ich weiß nicht, was du getan hast, aber du hast sie mit Sicherheit davon überzeugt, daß du ein großartiger Arzt bist!«

Oh. Ja. Ich glaube, ich weiß, was ich getan habe. Und von jetzt an kann ich es vielleicht mit Überlegung tun.

Originaltitel: UNEMPLOYMENT PROBLEM

Aus GALAXY SCIENCE FICTION November/Dezember 1978

Winston A. Howlett

ZWEI VOM GLEICHEN SCHLAG

Wann kann ich meine Klamotten wiederhaben? ... Das ist keine dämliche Frage, hier ist es kalt! Nichts außer einer lausigen Badehose, und die ist auch noch zwei Nummern zu groß! ... Hören Sie auf mit diesem »Sprich nicht so laut«-Gefasel, ich rede so laut, wie es mir paßt, wenn ich dadurch meine Klamotten schneller zurückbekomme ... Schon gut, schon gut, ich erzähle, was passiert ist! Obwohl ich ja nicht einsehe, wozu. Ich habe es schon zweimal den Polizisten erzählt, die mich geschnappt haben, zweimal diesem Schreibtischsergeanten und zweimal diesem Psychiater. Warum erkundigt ihr Typen von den Luftstreitkräften euch nicht bei denen? ... Schon gut, schon gut, immer der Reihe nach.

Ich war mit dem Hund draußen ... Zehn Uhr. Im Fernsehen lief nur *Charlie's Angels,* und die Folge hatte ich schon gesehen, also nahm ich mir die Zeit, obwohl ich es hasse, mit dem Hund rauszugehen. Mein Dad sagt immer, ich ginge zu schnell mit dem Hund.

Na ja, egal, also, ich nahm Domino ... Ja, so heißt der Hund. Also, ich nahm Domino mit rüber in den Wald, ganz in der Nähe von meinem Haus. Ich bin vorher nie dort drüben gewesen, aber wenn mein Dad mit ihm geht, sagt er immer, daß das eine schöne Gegend ist.

Jedenfalls, als wir zum Wald rüber gekommen sind, beginne ich, dieses ganz leise Brummen zu hören. Es ist so leise, daß ich es kaum hören kann, aber es ist da. In diesem Teil von New Rochelle sind nicht allzu viele Lichter, und letzte Nacht schien nicht einmal der Mond, so daß ich kaum die Bäume erkennen konnte. Aber ich wollte sehen, woher dieses Geräusch kam, deshalb ließ ich Domino auf dem Weg vorgehen, der im Zickzack zwischen den Bäumen durchführte.

Ich stolperte vier- oder fünfmal über Baumwurzeln, aber ich ließ mich von der Dunkelheit nicht aufhalten. Ich war jetzt wirklich neugierig. Nach einer Weile wird das Geräusch lauter, und Domino zieht an der Leine. Ich lasse ihn auf das Geräusch zugehen, aber nicht zu schnell, denn ich habe keine Ahnung, was es ist.

Jedenfalls kommen wir bald zu dieser Lichtung, einer sehr großen. Und – stellen Sie sich das vor – mitten in dieser Lichtung steht dieses Raumschiff! ... Nein, keine fliegende Untertasse, ein Raumschiff! Es sah aus wie etwas, das ich einmal in einem Science-fiction-Film gesehen habe. Es war kugelrund und ungefähr sechzig Meter hoch und ruhte auf vier Metallbeinen, die diese flachen Dinger unten dran hatten – ... Landegestell? Na ja, wenn Sie's so nennen wollen. Jedenfalls war eine Art Glühen um dieses Ding, der einzige Grund, weshalb ich es überhaupt sehen konnte.

Domino beginnt zu knurren, also muß in der Nähe etwas sein – etwas, das lebt – das er nicht ausstehen kann. Aber das hielt mich nicht davon ab, mir das Schiff aus der Nähe zu betrachten. Ich zog an seiner Leine und ging dann ganz langsam darauf zu. Die ganze Zeit wird dieses Brummen lauter und lauter, also weiß ich, daß es von dem Schiff kommen muß. Als wir noch ungefähr einen halben Meter vom Schiff entfernt sind, hört das Brummen auf!

Ich nehme an, daß, was auch immer drin ist, weiß, daß Domino und ich da sind, also gehe ich ein paar Schritt zurück und ziehe ihn mit. Dann stehen wir ein paar Minuten einfach nur da und warten, daß etwas geschieht. Nichts passiert. Dann gehen wir um das Ding herum. Ich konnte keinerlei Türen oder Fenster sehen ... Nein, da war auch keine Antenne oder so etwas. Außer an den Stellen, wo die Beine aus dem Boden kamen, sah es überall völlig glatt aus.

Wir gingen zweimal um das Ding herum. Domino schnupperte hin und wieder am Boden, und bei unserer zweiten Runde fand er etwas, was ihn echt neugierig machte. Er ist wirklich kein Bluthund, aber er benahm sich plötzlich, als wäre er einer. Er zerrte an der Leine und wollte zu den Bäumen auf der anderen Seite der Lichtung, von wo wir gekommen waren. Ich gab etwas Leine nach und ließ mich von ihm führen, wohin er wollte. Obwohl das in diesem Moment keine gute Idee war, denn ich konnte mir nicht vorstellen, daß er sah, wohin er lief, und ich wußte, daß ich es genausowenig konnte.

Aber das Problem war nur von kurzer Dauer. Nachdem wir eine ganze Weile durch die Dunkelheit gestolpert waren, begann ich festzustellen, daß der ganze Platz allmählich heller wurde. Ich blickte über meine Schulter zurück und sah, daß das Raumschiff begann, immer heller und heller zu erstrahlen, aber es hörte dabei auf, weiter solche Geräusche zu verursachen. Ich wußte nicht, ob es explodieren würde oder so etwas.

Plötzlich blieb Domino stehen, und ich stolperte beinahe über ihn. Dann sah ich, warum er sich so merkwürdig benahm. Direkt vor uns war dieses – Stück mit gelbem Nebel. Ein kleines Stück. Ungefähr einen Meter hoch und breit... Nein, es bewegte sich nicht, es lag einfach vor uns auf dem Boden. Es war so unheimlich, daß ich das Raumschiff einen Moment vergaß. Domino wollte nicht näher an das Zeug rangehen – ich auch nicht –, aber wir blieben da stehen und beobachteten es.

Es zerfiel – löste sich auf –, direkt vor unseren Augen. In einer knappen Minute war es verschwunden, als wäre es nie dagewesen. Kein Geruch, kein gar nichts.

Und dann hörten wir beide diesen komischen, grunzenden Laut. Domino spitzte die Ohren und muß so angestrengt gehorcht haben wie ich auch. Es klang wie ein Rudel Wildschweine, aber ich wußte, daß es die in New Rochelle nicht gab. Skunks, ja. Waschbären, ja. Aber keine Wildschweine. Plötzlich rannte Domino los und riß mir die Leine aus der Hand. Er rannte um den Flecken, wo der Nebel gewesen war, herum und auf das Geräusch zu. Ich rief ihm zu, stehenzubleiben und zurückzukommen, aber er ignorierte mich (wie immer). Ich hetzte ihm nach (indem auch ich sorgfältig den Flekken mied, um den er herumgerannt war), und rief ihm immer noch hinterher, er solle endlich stehenbleiben. Ich weiß nicht, warum, aber während ich hinter diesem dämlichen Hund herrannte, bemerkte ich, daß es nicht mehr heller wurde. Es war gerade hell genug für mich, daß ich die Bäume auf der anderen Seite der Lichtung sehen konnte – und ich konnte Domino ausmachen, der vor mir herhetzte – und vor noch etwas. Etwas Großem und Dunklem. Das sich bewegte.

Domino blieb endlich stehen, als er ungefähr neunzig Meter von diesem Ding entfernt war. Dann stand er einfach da und bellte es an. Ich erreichte ihn, griff nach seiner Leine und wikkelte sie um meine Hand, um sicher zu sein, daß er nicht noch einmal weglief. Dann betrachtete ich mir das, was er anbellte, aus der Nähe. Und ich konnte kaum glauben, was ich sah.

Es sah wie eine fette Kröte aus, aufgeblasen und häßlich

und mit Augen so groß wie zwei Basketbälle. Mit so großen Augen, dachte ich, könnte es im Dunkeln besser sehen als eine Katze. Diese zwei gigantischen Augen starrten mich und Domino an, als würden sie einfach durch uns hindurchsehen.

Mann, Sie reden von Verunstaltungen! Ich wußte nicht, ob ich wegrennen oder dableiben sollte. Und wenn es uns folgte – na, dann gute Nacht! Haben Sie je versucht, jemandem zu entkommen, das so groß wie ein Grisly ist und acht Beine hat? . . . Ja, das stimmt, acht Beine. Dick und borstig wie die Beine eines Nilpferds.

Jedenfalls begann Domino wieder, es anzubellen. Ich zog an seiner Leine und versuchte, ihn ruhig zu halten. Aber er wollte nicht. Ich sah nach diesem Ding aus dem Weltraum und wartete, daß es die erste Bewegung machte. Aber es gab nur diese unheimlichen Grunzlaute von sich – ohne auch nur den Mund aufzumachen – und drehte mir und Domino seine Hinterfront zu.

Ich war so erleichtert, daß ich sogar wieder anfing zu atmen. Um mein Glück nicht aufs Spiel zu setzen, begann ich ganz langsam zurückzuweichen, zog dabei ein paarmal an Dominos Leine, um ihn dazu zu bringen, sich zu benehmen. Ganz plötzlich hatte ich das entsetzliche Gefühl, beobachtet zu werden. Ich drehte meinen Kopf zur Seite und blickte zurück zum Raumschiff – und erstarrte.

Wo vorher keine Tür zu sehen war, war jetzt eine große, viereckige Öffnung in der Seite des Raumschiffs. Und im Eingang war dieser Schatten – zwei Meter hoch, er sah aus wie ein Mann. Er stand einfach da und starrte mich an. Und ich stand einfach da und starrte ihn an. Dann höre ich dieses zischende Geräusch; es kommt von da, wo dieses achtbeinige Ding ist.

Ich drehe meinen Kopf gerade rechtzeitig, um einen gelben Nebel zu sehen – Zwillingsbruder des anderen –, der genau auf mein Gesicht zukommt. Ich lasse mich auf den Boden fallen, ziehe Domino mit runter, und der Nebel zieht vorbei, ohne mich zu berühren. Deshalb verschwenden Sie bestimmt nur Ihre Zeit mit der Analyse meiner Klamotten. Sie werden absolut nichts finden.

Jedenfalls beobachtete ich diesen Nebelfetzen, wie er wegging und sich auflöste, während er sich entfernte. Dann sah ich wieder zu diesem Schatten im Eingang, gerade als er eine seiner Hände vor den Kopf hob und irgendwie einen unheimlichen, hochfrequenten Laut von sich gab. Was immer dieser Laut auch war, er ließ mich von Kopf bis Fuß erzittern, und er ließ Domino heulen und winseln.

Nach ein paar Sekunden hörte es auf, und in diesem Moment galoppierte dieses achtbeinige Ding los, um mich und Domino herum, und lief schnurstracks ins Raumschiff. Und mit den acht Beinen, mit denen es laufen konnte, bewegte es sich schon ziemlich flott. Es nahm den über einen Meter hohen Absatz vom Boden zum Eingang ohne Schwierigkeiten.

Und als der Schatten von der Tür wegging, um ihn hereinzulassen, sah ich, wie er wirklich aussah: wie ein Mensch, aber mit einer Haut, die wie schwarzes Leder wirkte. Kein Haar in seinem Gesicht oder auf seinem Kopf ... Ein enges, gelbes Ding, das wie ein Polohemd aussah, und ein paar gelbe Shorts. Sonst nichts.

Domino begann wieder, das achtbeinige Ding anzubellen, als es ins Raumschiff sprang. Aber ich hielt seine Leine fest, als ich ihn aufstehen ließ, und raffte mich dann selbst auf. Und die ganze Zeit ließ dieser Fremde mich nicht aus den Augen. Während ich dastand und ihn beobachtete, begann ich festzustellen, daß dieser Lichtfleck, in den er nun trat, immer intensiver wurde. Und die Lichtung wurde dunkler.

So wahr ich hier stehe, ich sah ihn keinen Muskel bewegen, aber irgendwie bewirkte er, daß die Außenseite des Schiffs langsam aufhörte zu leuchten. Und bevor ich mich versah, war es in den Wäldern wieder stockdunkel. Dann glitt die Tür langsam zu, und das brummende Geräusch des Raumschiffs begann wieder. Ich ging zu den Bäumen zurück, Domino war neben mir. Ich erwartete, daß das Schiff wie eine Rakete starten würde, mit Feuer und Schwefel, und ich wollte nicht wie ein Stück verbranntes Hühnchen enden.

Nachdem es wieder völlig dunkel war, konnte ich nicht mehr sehen, wohin ich ging, und war daher total überrascht, als ich über diesem Baumstumpf fiel. Ich setzte mich auf und drehte mich gerade rechtzeitig um (was nicht ganz einfach war, da Domino an mir hochkletterte), um zu sehen, wie das Raumschiff ungefähr einen halben Meter über dem Boden schwebte, als wäre es ein Heliumballon. Es hing gerade so lange in der Luft, um die vier Beine einzuziehen. Dann erhob sich der Metallball in die Lüfte, mit jeder Sekunde bewegte es sich schneller. In weniger als einer Minute war es außer Sichtweite.

Na ja, jedenfalls begann Domino wieder zu bellen, also stand ich auf und wartete, was da wohl jetzt kommen sollte, denn ich glaubte, daß nichts in der Lage war, das eben Erlebte zu übertreffen. Und ich hatte recht; es waren nur die beiden Polizisten mit Taschenlampen. Sie sagten, daß jemand in der Nachbarschaft angerufen hätte, weil hier unheimliche Lichter und Geräusche gewesen seien. Ich habe ihnen kurz gesagt, was los war, obwohl ich wußte, daß sie mir nicht glauben würden.

Und sie glaubten mir nicht. Sie sahen mich an, als wäre ich betrunken, sogar noch, nachdem ich ihnen gezeigt hatte, wo die Landebeine Abdrücke im Boden hinterlassen hatten. Sie schleppten mich und den Hund runter zur Polizeiwache, und ich habe meine Geschichte dem Sergeant erzählt, und er schickte mich zum Psychiater, um feststellen zu lassen, wovon ich betrunken war, und der Psychiater hörte mir zu und nannte mich dann einen kleinen Spinner, und dann habe ich eine Menge geschrien, bis sie mich telefonieren ließen.

Ich rief meinen Alten an, und der brüllte mich durchs Telefon an und kam schneller dort runter, als man denken kann. Ich brauchte eine Weile, um ihn davon zu überzeugen, daß ich die Wahrheit sagte, aber als ich es geschafft hatte, hat er euch Jungs gerufen ... Ihr habt die Lichtung untersucht? ... Und auch die Spuren von dem achtbeinigen Ding? ... Na ja, ich hoffe, ihr versteht es, wenn ich keine Handstände mache. Es hat einen halben Tag gekostet, bis ich eine Autoritätsperson dazu bringen konnte, mir zu glauben. Wann kann ich meine Klamotten zurückhaben?

Nein, ich glaube nicht, daß es Eindringlinge oder Botschafter oder Entdecker oder so etwas waren ... »Besucher?« Na ja, nur so, wie wir während einer langen Reise von einem Ort zu einem anderen eine Tankstelle »besuchen« ... Gut, ich werde sagen, was ich denke. Aber ihr werdet enttäuscht sein ... Ja, seht, ich habe den ganzen Weg hierher nachgedacht, was es gewesen sein könnte – die Landung, der gelbe Nebel, das ganze Drumherum. Es war so einfach, daß ich mich ohrfeigen könnte, es nicht sofort bemerkt zu haben.

Und wißt ihr, was des Rätsels Lösung war? Der Ausdruck auf dem Gesicht des Fremdlings, kurz bevor er die Tür des

Raumschiffs schloß. Er erkannte, daß er und ich zwei vom gleichen Schlag waren. Wir waren beide aus demselben Grund dort!

Originaltitel: TWO OF A KIND

Aus GALAXY SCIENCE FICTION November/Dezember 1978

Andrew Ross

ENTWICKLUNGSHILFE

Bruce war auf dem Marsch zurück zu seiner Höhle; dabei bog er das Unterholz sorgsam mit einem Stock auseinander, als er sich seinen Weg durch dickes Gebüsch, schaukelnde Weinranken und niedrige Äste, die seine Dschungelheimat bildeten, bahnte. Als er einen Moment inmitten einer Gruppe gewaltiger Büsche stehenblieb, um sich ein Blatt zu pflücken, es in Ruhe zu kauen und den Geschmack zu genießen, schreckte ihn ein raschelndes Geräusch zu seiner Rechten auf. Er ließ sich sofort auf den Boden fallen und wartete dort zitternd. Der erlegte Hase, den er geschleppt hatte, lag unbeachtet einige Meter hinter ihm, wo er ihn instinktiv hingeschleudert hatte.

Lassen Sie uns, während Bruce in panischem Schrecken am Boden kauert, seine allgemeine Situation betrachten – Bruce war ein Höhlenmensch. In Wirklichkeit war sein Name nicht Bruce: er hatte eigentlich gar keinen Namen. Diejenigen, die seine Höhle mit ihm teilten, sprachen von ihm verschiedentlich als Der Große mit dem langen Stock, Der mich immer schlägt und Fleischbringer. Wir nennen ihn Bruce.

Bruce war ein Gigant unter den Höhlenmenschen, aufgerichtet maß er über einen Meter fünfzig. Er hatte einen gewaltigen Brustkorb, Arme, die bis zu den Knien reichten, und eine starke Behaarung am ganzen Körper, die man fast schon als Pelz bezeichnen konnte. Er war bei weitem der Stärkste in seiner Höhle, aber was ihn in der Hauptsache von den anderen Dschungelbewohnern unterschied, war ein Anflug von latenter Intelligenz, der sich in seinem Blick verbarg.

Zurück zu Bruce, wie er einem Fötus gleich gekrümmt dalag, mit den Armen seinen Kopf schützend umfing und den verhängnisvollen Angriff erwartete. Nach einer Weile, nachdem keinerlei Krallen seinen Rücken aufgeschlitzt hatten, hob Bruce versuchsweise seinen Kopf und sah sich um; blinder Alarm.

Nachdem er einen Moment damit zugebracht hatte, seine zerfetzten Nerven wieder zusammenzuflicken, stand Bruce auf und suchte nach dem Hasen, den er versehentlich weggeworfen hatte. Er fand ihn auf der Spitze eines Ameisenhügels und mußte erst einmal alle Ameisen abschütteln. Den Stock in der einen Hand, den Hasen in der anderen, begann er seine Reise erneut.

Zwei Stunden später, als die Sonne unterging, saßen Bruce und die anderen zusammen am behaglichen Feuer am Eingang der Höhle, zerteilten den gut gebratenen Hasen und fielen darüber her, als wären sie am Verhungern – was auch der Fall war. Was eigentlich immer der Fall war.

Rasch griff Bruce' Gefährtin nach dem Stück, das Bruce für sich selbst reserviert hatte. Blitzschnell packte Bruce ihren Arm und biß hinein. Als das jämmerliche Stöhnen seiner Gefährtin langsam leiser wurde und verklang, war das Schmatzen und Grunzen verhungerter Höhlenmenschen das einzige Geräusch, das noch zu hören war.

In der Zwischenzeit kreiste in fünfhundert Meter Höhe ein Raumschiff; eine umgestülpte Tasse auf einer flachen Untertasse; keinerlei Raketenabgas oder andere Antriebsmittel; orange schimmernde elektrische Lichter; eine Fensterscheibe umgab den Boden der umgekehrten Tasse: es war ein normales UFO, ein bißchen anders im Aussehen als jene, die einige Millionen Jahre später über der Erde erscheinen würden, gesteuert von einer vollkommen anderen Rasse.

Aus einem jener Fenster blickte Loquar, der Erste Offizier des Schiffes, auf den blaugrünen Planeten unter ihm. Er sah aus wie eine Geleetraube mit Fruchtsalatfüllung. Hinter ihm stand der Captain, der, seinem Rang entsprechend, eher wie eine Kirsche aussah.

»Es ist ein herrlicher Planet«, grübelte Loquar.

»Sicherlich ist er das«, griff der Captain Loquars Gedanken auf. »Zu dumm, daß diese vorzeitlichen Primaten dort unten hausen. Verdammt merkwürdig, daß sie überhaupt keine Fortschritte gemacht haben.«

»Wie lange ist unser letzter Besuch her?«

»Über vierundzwanzigtausend ihrer Jahre«, war die telepathische Antwort des Captains.

»Nun, wenigstens sind sie immer noch hier.«

»Nach Survey sind es weniger als letztes Mal. Wenn wir das nächste Mal wiederkommen, sind sie vielleicht ganz ausgestorben.«

Loquar glitt quer über das Deck zu einer großen Schale und ließ sich darin nieder. »Was hält sie zurück?«

»Keiner weiß es. Sie haben antagonistische Pseudoextensoren von großer Gewandtheit, und sie haben ein Gehirnvolumen von einigen hundert Kubikzentimetern. Es ist ein Rätsel.«

Loquar überlegte einen Moment, bevor er direkt zu seinem Captain dachte: »Und was werden wir demnach tun?«

Der Captain war so erschrocken über diese Frage, daß er vollkommen transparent wurde. Seine Pseudopodien bewegten sich krampfartig, während er geistig aufschrie: »TUN? Wir werden absolut nichts tun. Wir werden sie vollkommen allein lassen, unseren Vorschriften entsprechend. Du weißt, es ist uns nicht gestattet, in irgendeiner Weise Kontakt zu einer entwicklungsfähigen, zivilisierten Spezies aufzunehmen! Wir dürfen sie nicht einmal wissen lassen, daß wir existieren! Es könnte ihre Entwicklung unvorhersehbar verändern.«

»Wenn wir nichts tun, werden sie keine Entwicklung haben, die verändert werden kann«, antwortete Loquar, »und mit dem geringsten Anstoß könnten sie es schaffen. Sie haben alles, was man dazu braucht.«

»Offensichtlich nicht *alles«,* kam die sarkastische Erwiderung.

»Na gut, nicht alles. Aber das ist ein Grund mehr, ihnen zu helfen. Sie stehen dicht davor, und das könnte alles verändern. Ich weiß, daß wir ihnen helfen könnten.«

»Nichts wird getan. Ich will mich nach zwei weiteren Missionen zurückziehen, und es gibt keinerlei Möglichkeit mehr, meine Pension zu verlieren, außer wenn du Kindermädchen bei einem Haufen undressierter Affen spielst.«

Während das Raumschiff seine Runden um den kleinen Planeten drehte, entwarf Loquar sehr beredte Gedanken von einer aufblühenden, intelligenten Rasse, die sich ausbreitete und eines Tages in der Bruderschaft der Wesen, die ihren Herrschaftsbereich zwischen den Sternen hatten, aufgehen würde. Der Captain argumentierte für sein Sommerhäuschen am Strand. Die Untertasse und das Argument umkreisten weiterhin den Planeten, bis es endlich zu einem Kompromiß kam: »Okay, aber was kann man nur tun, um ihnen auch nur zu einem Achtzehntel einer irdischen Revolution zu verhelfen?«

»Ich werde mir etwas einfallen lassen«, plante Loquar energisch.

Loquar stand in der Lichtung, blickte an sich herunter mit mehr als nur geringem Schrecken. Anstatt daß sein Körper in gewohnter Weise anmutig von Ort zu Ort glitt, mußte er zwei grotesk unbewegliche untere Extremitäten einzeln in Gang setzen, während er gleichzeitig auch noch mit dem Rest seiner Körpermasse einen Balanceakt zu vollbringen hatte. Schwerfällig begann er zu üben, wie man im Kreis gehen kann, und lernte dabei, seinen neuen Körper zu koordinieren. Als er so ging, dachte er daran, welch ein Glück es war, daß seine Frau ihn in seinem gegenwärtigen Zustand nicht sehen konnte.

Endlich zufrieden damit, daß er einen gewissen Grad an Beweglichkeit erreicht hatte, überlegte Loquar, was als nächstes zu tun sei; er hatte immer noch nicht entschieden, was er tun würde, um den Eingeborenen in ihrem Überlebenskampf zu helfen.

Was immer er auch tat, es mußte ohne jegliche technische Hilfsmittel machbar sein. Genausowenig durfte er irgendeinen Hinweis hinterlassen, daß die Primaten Unterstützung bekommen hatten. Der Captain war sauer genug auf ihn, daß er ihn beschwatzt hatte, seine Pension zu gefährden, indem er Loquar diesen Ausflug gestattete. Loquar war ganz sicher, daß, wenn er auch nur die geringste Veränderung so durchführte, daß sie eventuell bemerkt werden könnte, der Captain ihn auf der Stelle in Luft auflösen würde.

Als Loquar diese Gedanken dachte, geschah das Unausweichliche: Bruce und Loquar begegneten sich. Nachdem er ihn flüchtig gesehen hatte, war Bruce hinter einem Baum verschwunden und beobachtete Loquar mit sichtlichem Interesse. Als er den unglaublich plumpen und unbewaffneten Fremdling im Kreise stolpern sah, traf Bruce seine Entscheidung. Der Fremde würde sich gut zu einer Mahlzeit eignen.

Bruce trat in die Lichtung hinaus. Den Stock erhoben, ging er vorsichtig auf Loquar zu. Loquar beobachtete Bruce, wie er sich an ihn heranschlich. Als Bruce endlich den Mut hatte zuzuschlagen, reagierte Loquar. Plötzlich stand Bruce wie gelähmt, unfähig, auch nur zu zucken, als Loquar in sein Bewußtsein eintauchte.

Loquar untersuchte in aller Ruhe Bruce' Vergangenheit, überflog die Eindrücke seines Lebens: die Lagerfeuer, die Jagden, die Höhle, die überall vorhandenen Feinde. Endlich zog er sein Bewußtsein zurück, glücklich, wieder außerhalb Bruce' Gehirn zu sein.

»Nicht gerade ein einladender Flecken, um ihn zu besuchen«, dachte er zu sich selbst.

Erschöpft vom langen Stehen, setzte sich Loquar unbeholfen hin und veranlaßte Bruce, ihm gegenüber dasselbe zu tun. Er fühlte sich lahmgelegt. Wenn ihm nichts einfiel, wie er Bruce helfen könnte, wären die Ureinwohner dieses Planeten wahrscheinlich zum Untergang verdammt. Und, abgesehen von den Eingriffen, würde in Anbetracht der Zeitspanne, die ihm noch blieb, die Hilfe die Form einer Botschaft annehmen müssen.

»Aber was«, fragte er sich, »kann ich zu einer Kreatur sagen, deren gesamte geistige Anlage aus Gedanken an Nahrungssuche, Abwehr und Bau bestand?«

Plötzlich wurden Loquars Gedanken vom Captain unterbrochen. »Bist du immer noch nicht fertig?«

»Nein«, murrte Loquar, »ich brauche mehr Zeit.«

»Noch zehn Minuten. Dann will ich dich hier wiedersehen. Erfolgreich oder nicht.«

»In Ordnung.«

Loquar überlegte eine Minute. Er blickte Bruce an, das affenartige Gesicht vor Entsetzen verzogen, die Muskeln angespannt, zu sehr, um noch bewegungsfähig zu sein. Plötzlich hatte Loquar den rettenden Einfall. Er versetzte einen Gedanken in Bruce' Bewußtsein.

Bruce war verwirrt. Seine Stirn lag in Falten, sein Kopf war geneigt. Dann hoben sich seine Mundwinkel, seine Lippen spannten sich. Bruce gab ein Geräusch von sich, einen rauhen Kehllaut, der tief aus dem Innern kam. Er kicherte weiter, schwerfällig und ein wenig lauter. Er brach in Gelächter aus. Das erste Gelächter in der Geschichte des Planeten. Es drang hinaus, lauter und schneller. Bruce begann von der Intensität zu zittern.

Loquar stand auf. Er befreite Bruce von einer geistigen Fessel, dann stolperte er in den Dschungel hinein und verschwand, während Bruce immer noch lachte.

Bruce lag auf dem Boden und trommelte auf denselben mit seinen Fäusten, hysterisch lachend.

Schließlich setzte Bruce sich auf und rieb seine Augen. Immer noch kichernd stand er auf und begann zurück zur Höhle zu wandern. Von Zeit zu Zeit brach er wieder in Gelächter aus, und die Tiere in der Nähe flohen vor dem fremdartigen Lärm.

An Bord des Raumschiffes half ein Besatzungsmitglied Loquar aus seinem Höhlenmenschenanzug. Als er den Anzug aufschlitzte, ergoß sich Loquar über das Deck.

»Ah, das tut gut. Es ist mörderisch, so aufrecht stehen zu müssen.«

»Der Captain wünscht dich sofort zu sehen.«

»Das mußte ja so kommen.«

Loquar ging in Richtung Brücke. Das Besatzungsmitglied dachte ihm hinterher: »Was soll ich mit dem Ding denn anfangen?«

»Verbrenn es!«

Loquar fand den Captain nervös hin und her gleitend. Der Captain drehte sich zu ihm um. »Hast du irgend etwas angestellt, was uns in Schwierigkeiten bringen kann?«

»Nein.«

»Das ist gut. Meine Frau hätte mich umgebracht, wenn dies unser Wochenendhäuschen gekostet hätte.«

Loquar kicherte leicht.

»Was hast du also getan, um ihnen zu helfen?« erkundigte sich der Captain.

»Ich habe einem von ihnen einen alten Witz erzählt.«

Der Captain sah ihn ungläubig an.

Loquar glitt zum Fenster und sah der schnell kleiner werdenden Welt nach. Als das Schiff das Sonnensystem verließ, die Erde wieder allein im Dunkeln des Raumes zurückließ, da erklärte Loquar . . .

Bruce und die anderen saßen um das Feuer und stritten um die Überreste des kleinen Wildschweines, das Bruce gefangen hatte. Plötzlich schlug ein Blitz in der Nähe ein, gefolgt von Donnergrollen. Alle sprangen auf und rannten tief in ihre Höhle hinein.

Als nichts mehr geschah, trat Bruce langsam aus der Dunkelheit heraus. Er blickte zurück zu den anderen, die noch immer im Dunkel zitterten, und begann zu kichern. Bald lachte er laut. Die anderen, entsetzt von diesem merkwürdigen Geräusch, weigerten sich herauszukommen. Bruce lachte immer noch, als er sich nahe dem Feuer niedersetzte.

Endlich, als Bruce' Gelächter zu einem gelegentlichen Kichern verklungen war, kamen die anderen vorsichtig zum Feuer zurück und beobachteten Bruce argwöhnisch.

Immer noch kichernd versuchte Bruce, der Vater des Humors auf Erden, einen Weg zu finden, ihnen zu erklären, was daran so lustig war.

Originaltitel: TAKE MY MATE – PLEASE!

Aus GALAXY SCIENCE FICTION Juli 1977

Andrew J. Speck

ALS DIE LAUFPUPPE STEHENBLIEB

Ein Geschenk. Ein Geschenk.

Wie immer hatte Martin Silby mit dem Geschenkeinkauf bis zur letzten Minute gewartet. Er haßte es, das immer aufzuschieben, er haßte es, es überhaupt tun zu müssen. So etwas Lästiges. Er hatte das Gefühl, zwischen Geburtstagen, Feiertagen, Muttertag, Vatertag, Jahrestagen und Krankheiten bliebe überhaupt keine Zeit mehr.

Nicht daß er etwas gegen Geschenke hatte. Es war nur so schwer, etwas Ungewöhnliches zu finden, etwas anderes, etwas, das auffiel, das ins Auge fiel. Er war in dem Alter, in dem die einzigen Geschenke, die er erhielt, aus Socken, Krawatten, Hemden und Rasierwasser bestanden – bis seine Wäscheschubladen mit unbenutzten Kollektionen dieser Dinge überliefen.

So stapfte er stundenlang durch die Straßen, nur von dem Gedanken beseelt, dieses besondere Etwas zu finden. Und er mußte bekümmert zugeben, daß es so aussah, als würde er mit leeren Händen nach Hause kommen. Aber das lag in seiner Natur. Für ihn gab es nur alles oder nichts, zweifach oder gar nicht.

Ein Geschenk. Ein Geschenk.

Er bog um die Ecke. *Ungewöhnlich,* stand auf einem Schild am Fenster. *Der ungewöhnliche Laden für den ungewöhnlichen Käufer. Mit jenem besonderen Geschenk, das Sie schon lange suchten.*

»Wen wollt ihr denn auf den Arm nehmen?« murmelte er. »Ihr seid wahrscheinlich genau wie alle anderen auch.« Aber aus einem unerfindlichen Grund zögerte er, drehte sich um und starrte auf das Schild. »Was, zum Teufel –«

Zum erstenmal bemerkte er die heitere Atmosphäre. Von außen war es nur düster erschienen, unscheinbar, als hätte der Besitzer etwas zu verbergen. Aber hier drinnen . . .

»Na schön«, sagte er zu sich selbst. Er mußte sich eingestehen, daß es lebendig, sehr lebendig wirkte. Wer auch immer den Laden eingerichtet hatte, er hatte Geschmack. Glitzernde

Mobiles hingen von der Decke, Regale und Ladentische waren mit Spielzeug und Ausstellungsstücken überladen. Liebliche Düfte füllten die Luft und zarte Töne erklangen in vielfältigen Melodien. Das alles hatte eine blendende Wirkung. »Wie in Ali Babas Höhle«, dachte er.

Er sah sich weiter um.

Flaumbälle, stand auf einem Schild. Herrlich für Kinder! Flaumbälle? Er blickte in den Plastikkorb und sah eine Menge winziger, pelzbesetzter Bälle, die auf dem Boden umherkrochen. Zwei braune Augen starrten ihn wie kleine braune Luftblasen von jedem der ungewöhnlichen Geschöpfe aus an. Sie sahen sehr weich aus, sehr flehentlich. Flaumbälle?

Er ging weiter.

Dort stand eine Reihe langer, aufrechter Kristalle, die wie Türme aussahen. Er betrachtete sie genauer. Sie glichen Schlössern, wilden und barbarischen Schlössern in einer Vielzahl von Farben.

Und dann: *Die einzige musikalische Seemuschel der Welt!* las er auf dem nächsten Plakat. Er hob die Muschel auf und hielt sie an sein Ohr. Man hörte das Murmeln einer entfernten See und die fröhlichen Lieder eines polynesischen Festes. Für einen flüchtigen Augenblick stellte er sich selbst in einem Ozean treibend vor, lauschte einer Insel im Südpazifik. Er nahm die Muschel von seinem Ohr, starrte sie an, schüttelte sie und hielt sie wieder an sein Ohr. Erneut hörte er das Murmeln des Ozeans – und noch etwas anderes: eine weibliche Stimme, so süß, so eindringlich, daß er kaum in der Lage war, die Muschel wegzulegen.

In diesem Moment schlugen drei Geläute an. *Steinzeituhr.* Er sah zu, wie die schmucklose Konstruktion zum Leben erwachte. Zwischen den Zifferblättern der Uhr traten ein Höhlenmann und eine Höhlenfrau aus zwei verschiedenen Höhlen. Bei einem hochtrabenden Menuett trafen sie sich, und der Höhlenmann schlug die Frau dreimal mit seiner Keule auf ihren Kopf und drängte sie in seine Höhle.

Martin lachte, fühlte gute Laune in sich aufkommen. Er ging weiter. Eine grüne Kerze in Form der Freiheitsstatue, mit brennender Fackel, verströmte einen erfrischenden Duft nach Limonen ... ein Miniaturkronleuchter, übersät mit imitierten Diamanten, die jedesmal funkelten, wenn er sich bewegte ...

Sehen Sie die Welt durch eine rosarote Brille.

Er hob die überdimensionale Brille auf – und rief seine Verwunderung fast laut aus. Der Kronleuchter war zu einer leuchtenden Fackel aus Rubinen geworden, die Kristallschlösser glühten in fremdartigen, verblüffenden Farben. Die Gemälde an den Wänden schienen zum Leben zu erwachen.

Martin fühlte lang vergessene Gefühle wieder aufsteigen. Erinnerungen, von denen er glaubte, sie seien längst erstorben und für immer vergessen, brachen von neuem auf. Er erinnerte sich wieder einmal, wie es war, ein Kind zu sein; er erinnerte sich daran, wie es war, bevor er sich das entscheidenste aller Dinge aufgezwungen hatte – voranzukommen. Er erinnerte sich an eine Welt, die er nun durch die rosarote Brille sah. Und was war daran falsch? Mußte nicht einmal doch etwas gesagt werden, um die bessere Hälfte eines Lebens zu sehen?

»Kann ich Ihnen helfen, mein Herr?«

Er fummelte an der Brille herum, setzte sie hastig ab, als er erkannte, wie lächerlich er ausgesehen haben mußte, staunend, blöde starrend, ein dummes Grinsen auf den Lippen.

»Oh, ja, ich . . . ich suche Geschenke für meinen kleinen Jungen. Er hat Geburtstag.« Er sah auf die kleine, elfenhafte Verkäuferin herab.

»Haben Sie etwas gefunden, was Ihnen gefällt, mein Herr?«

»Ja, diese Brille und . . .«, er starrte an ihr vorbei, »diese Puppe – sieh an, sie sieht genau wie mein Junge aus.« Er ging zu der Puppe. *Laufpuppe* stand auf einem Schild zu ihren Füßen.

Er nahm die Puppe in die Hand. Sie war nicht mehr als zweiundzwanzig Zentimeter groß. »Wie wird sie aufgezogen? Es ist kein Schlüssel in ihrem Rücken.«

»Man kann sie nicht aufziehen. Sie läuft nur ab.«

Martin sah sie erstaunt an.

»Aber sie läuft eine lange Zeit«, versicherte sie lächelnd.

Er stellte sie auf den Boden. Sofort lief sie in lebensnahem Gang los, daß er in Lachen ausbrach. »Ich nehme sie!«

Auf einer Wolke des Entzückens schwebte er nach Hause.

»Hallo, Joey. Sieh mal, was Daddy dir zum Geburtstag mitgebracht hat.« Er setzte die überdimensionale Brille auf das kleine, glückliche Gesicht, lachte, als er es tat. »Du siehst aus wie ein großer Käfer, Joey.«

Der kleine Junge schrie vor Freude und begann im Kreis herumzurennen, schaute alles an, blieb stehen, staunte; dann stürzte er zur Tür hinaus, quietschte vor Vergnügen, als er einen Schmtterling durch den Garten verfolgte.

»Es scheint, als hättest du etwas gefunden, was ihm wirklich gefällt. Und was ist das?«

Martin warf seiner Frau einen kurzen Blick zu; auch sie schien von einem höheren Geiste beseelt. Sie öffnete die Schachtel und nahm die Puppe heraus.

»Oooh, wo um alles in der Welt hast du das bekommen? Sieh nur, sie sieht genau wie Joey aus! Sie hat sogar dieselben Kleider an.«

Martin betrachtete die Puppe. Ja, das war sicherlich Zufall. Sie *war* in genau dieselben Kleider gehüllt. Er nahm die Gestalt heraus und stellte sie auf den Boden. Sofort lief sie in einem Gang, wie ihn sein Sohn hatte, los und blieb dann stehen.

»Mein Gott, ich habe noch niemals etwas Derartiges gesehen!« Martins Frau nahm sie auf den Arm und hielt sie zärtlich, als fürchte sie, ein lebendes Wesen zu verletzen. Sie berührte sie und streichelte sie, fühlte unter ihren Fingern nichts als Plastik. »Sie ist so wirklich –«

»Du solltest erst die anderen Spielsachen sehen, die sie haben, Jean.«

»Die wer hat? Wie hieß das Geschäft?«

Martin dachte nach. »Hmmmm. Ich kann mich nicht entsinnen. Aber ich erinnere mich, wo es war. Wir müssen nächstes Wochenende einmal zusammen hingehen – und erinnere mich daran, daß ich für Joey einige Flaumbälle kaufe.«

Jean starrte ihn mit leicht verwirrtem Augenausdruck an.

»Oh, Haustiere. Sie sind süß. Kleine, pelzige Haustiere. Joey soll ein Haustier haben«, sagte er, irgendwie verlegen.

Eine Woche später, als er mit seiner Frau die Straße hinunterging, sagte er: ». . . und ich ging um diese Ecke«, er gestikulierte mit ausgestreckter Hand, »und da war es.« Erwartungsvoll lächelnd sah er seine Frau an, die ihn nur mit einem verwirrten Stirnrunzeln bedachte. Er drehte sich zu dem Laden um.

Der Schilder waren abgenommen worden. Alle Poster und

Werbeplakate waren verschwunden. Innen war der Laden leer und staubig. Er riß an der verschlossenen Tür.

»Das kann doch nicht sein. Vor einer Woche war er noch hier.« Er sah nach rechts und links. »Moment, laß es mich an der nächsten Tür versuchen.«

Er kehrte enttäuscht zurück. »Der Besitzer hat die Stadt verlassen und keine Adresse hinterlassen.« Noch einmal blieb er vor dem leeren Laden stehen und durchsuchte angespannt den kargen Raum, als wolle er ihn zur Existenz zurückbefehlen. *Sesam, öffne dich!*

Seine Frau hakte sich bei ihm ein. »Das ist zu schade, Liebling. Ich habe das Gefühl, als hätte ich etwas versäumt.«

Martin nahm ihren Arm, blieb aber still. Wie konnte er es ihr erklären? Wie konnte er ihr sagen, was es bedeutete, wiedergeboren zu sein, wieder ein Kind zu sein? Er sah durch die Spiegelglasfenster und schaute im Geiste all die Dinge, all die wundervollen Schätze der Phantasie, Ali Babas Höhle. Er erinnerte sich an eine Zeit, als das Leben reines Abenteuer war, das ihn erwartete, und die ganze Welt aus neuartigem Zauber bestand.

»Oh, hier sind noch mehr Spielsachen für die Kinder zum Spielen.« Er öffnete die Kiste und langte hinein. »Es ist dumm, sie wegzuwerfen, wenn sie noch gut sind.« Er hob eines der alten, staubigen Spielzeuge auf und besah es aus der Nähe. »Ah, daran erinnere ich mich! Mein Vater schenkte es mir, als ich ein kleiner Junge war. Ich habe es jahrelang nicht mehr gesehen; ich dachte, ich hätte es verloren.«

Ein kleines Mädchen kam an seine Seite gelaufen. »Daddy, Daddy, sie sieht genauso aus wie du!«

Er blickte wieder zu der Puppe. Ja, sie sah ihm bemerkenswert ähnlich. Er stellte sie auf den Boden, und sofort begann sie loszulaufen.

Das kleine Mädchen lachte vor Freude. »Sie läuft genau wie du, Daddy. Sie läuft genau wie du.«

Er fühlte Verlegenheit; in der Tat lief die kleine Puppe genau wie er. Sie sah wie ein kleiner Komödiant aus, der ihn verspottete.

»Was ist denn hier für ein Aufruhr? Oh, mein Gott –« Die Frau brach in schallendes Gelächter aus, ihr Ehemann und ihre Tochter stimmten darin ein. »Woher hast du das denn?« fragte sie.

»Mein Vater schenkte es mir, als ich ein kleiner Junge war, Linda.« Er hob die Puppe auf. »Komisch, aber ich könnte schwören, daß sie jünger gewesen ist und schneller lief. Ich frage mich, ob es dieselbe Puppe ist.«

Er durchstöberte die Kiste weiter und entdeckte einen rosa Schimmer. »Ah, und hier ist noch etwas anderes für Patty zum Spielen.«

Er nahm die rosarote Brille in die Hand und setzte sie auf. »Kein Zweifel!« Der alte Zauber kam sofort zurück, verlieh der Welt bei jeder seiner Bewegungen einen wunderschönen, kaleidoskopartigen Schein. »Hier, Patty, probier sie mal auf!«

Joey setzte ihr die Brille auf. Linda kicherte; ihr kleines Mädchen sah wie ein rosa Käfer aus.

»Du meine Güte!« Patty sah sich im Zimmer um, rannte zur Tür, blieb stehen, staunte – und stürzte mit Freudenschreien aus dem Haus.

»Erzähl mir eine Geschichte, Opa. Erzähl mir eine Geschichte!«

Der alte Mann hielt das kleine Mädchen in seinen Armen. »Ein Märchen?«

»Ja, Opa, ein Märchen.«

»Na, laß mal sehen. Es war einmal . . . es war einmal, und seitdem leben sie glücklich zusammen.«

Das kleine Mädchen schaute verständnislos, dann gab sie ihm einen Klaps auf die Hand. »Och, das ist kein Märchen, Opa Joey.«

»Ich habe eine bessere Idee, Amy. Laß uns ein Lied singen.« Er stand auf und ging langsam und steif zum Klavier. »Komm hier rüber und setz dich auf Opas Schoß.«

Das kleine Mädchen ließ sich nieder und tat es dem alten Manne gleich, als er in die Tasten griff und sang:

Meines Großvaters Uhr
war zu groß für das Regal,
So stand sie neunzig Jahre auf dem Boden.
Sie war mehr als halb so groß

wie der alte Mann selbst,
Obgleich sie kein bißchen mehr wog.
Sie wurde am Morgen des Tages gekauft,
an dem er geboren war,
Und war sein ganzer Besitz und Stolz.
Aber plötzlich blieb sie stehen,
um nie wieder zu gehen,
Und der alte Mann starb . . .

Als sie aufhörten zu singen, sagte der alte Mann: »Und nun, Amy, da heute dein Geburtstag ist, und da du so ein gutes Mädchen gewesen bist, hat Opa eine Überraschung für dich.« Er öffnete eine alte, abgenutzte Schachtel und nahm eine kleine Puppe heraus. »Als Opa ein kleiner Junge war, bekam er dies von seinem Vater geschenkt.«

Die Augen des kleinen Mädchens wurden groß. Als Opa ein kleiner Junge war!

Er stellte die Puppe auf ihre Füße, und sie begann sofort mit langsamem Schlurfen und gebeugtem Rücken loszugehen.

»Bei Gott, Opa, sie sieht genau wie du aus! Und sie geht genau wie du!« Amy nahm die kleine Gestalt in ihre Hände, und ihre Finger suchten deren Rücken ab. »Wie zieht man sie auf?«

Der alte Mann untersuchte die Puppe sorgfältig; es schien zumindest so, da er lange nach einer Antwort suchte. »Man kann sie nicht aufziehen, Amy; sie ist ein Laufspielzeug. Sie läuft nur in eine Richtung ab, und wenn sie einmal ganz abgelaufen ist, kann man sie nie mehr aufziehen.«

Dann langte er in die Schachtel und zog eine rosarote Brille hervor. »Und hier ist noch ein Geschenk für dich.« Er setzte die Brille auf, und der alte Zauber kehrte wieder, so lebendig wie eh und je. Er blickte lange, lange Zeit durch die Brille, bevor er sie mit zitternden Händen und feuchten Augen wieder abnahm. Vorsichtig setzte er sie auf die Nase des kleinen Mädchens.

»Oh!«

Dann nahm er Amys Gesicht zwischen seine Hände und küßte ihre Stirn. »Weißt du, warum dein Opa gerne mit dir spielt? Weil, wenn er mit dir zusammen ist, es so ist, als sehe er die Welt durch eine rosarote Brille – alles ist wieder so hübsch.«

»Aber, Opa, ist nicht immer alles so hübsch?«

»Nein. Wenn du groß bist, wirst du manche Sachen erneut betrachten, und sie werden dir nicht mehr hübsch erscheinen. Aber wenn ich bei dir bin, ist alles hübsch. Und jetzt ... nimm die Spielsachen und geh spielen. Dein Opa will sich ausruhen.«

Das kleine Mädchen lief aus dem Zimmer, legte die Puppe beiseite und begann im Kreis herumzurennen, es blickte alles an, blieb stehen, staunte – und dann stürzte sie zur Tür hinaus und quietschte vor Vergnügen, als sie einen Schmetterling durch den Garten verfolgte.

Als sie zurückkam, nahm sie die Puppe und stellte sie auf die Füße. Das Spielzeug fiel um und lag ganz still. »Na los, Püppchen, geh schon.« Immer wieder stellte sie sie auf die Füße – und jedesmal fiel die Puppe um und lag reglos da.

Sie rannte zum Zimmer ihres Großvaters. »Opa, Opa.«

Er lag reglos auf dem Bett und gab keine Antwort.

»Opa.« Sie rannte zum Bett und zerrte an seinem Arm. »Opa, Opa Joey.«

Aber er sagte nichts, und sein Arm fühlte sich kalt und steif an.

Das kleine Mädchen zog ihre Hand zurück, ihre Augen waren riesengroß und verwirrt, als sie auf die Gestalt starrte, die reglos auf dem Bett lag.

Langsam zog sie sich aus dem Zimmer zurück. Plötzlich schien das Haus so ruhig.

Sie rannte davon und rief mit zarter Stimme: »Oma, Oma, die Laufpuppe ist stehengeblieben. Die Laufpuppe ist stehengeblieben, Oma ... Oma ...«

Originaltitel: THE WIND-DOWN TOY

Aus GALAXY SCIENCE FICTION November/Dezember 1978

Michael Nagula

NACHWORT

»Kein Mensch schien ich zu sein,
Sondern ein Unhold, ausgesandt, zu züchtigen
Für die Vergehen einer fremden Welt . . .
Mein Herz schlägt voll Erwartung
Furchtbarer Freuden.«

Das Zitat entstammt Mary Shelleys ewigem Bestseller *Frankenstein oder Der neue Prometheus* und scheint auf den ersten Blick keinen allzu großen Zusammenhang mit den in diesem Buch versammelten Erzählungen zu haben, die immerhin der Science fiction angehören. Und *Frankenstein* zählt doch wohl nicht dazu. Wirklich nicht? Erinnern wir uns der Bestandteile, aus denen sich diese Genrebezeichnung zusammensetzt: ersterer – *science* – versucht die Motive einer wissenschaftlichen Rationalität, technischen Planung und sturen Sachlichkeit hervorzukehren, der zweite – *fiction* – verweist auf eine nichtrationale, oft gescholtene und vielgeliebte gefühlsmäßige Fähigkeit des Menschen, seine Phantasie. Nun, so weit mag das ja zutreffen, könnte ein Kritiker zugestehen, aber wurde der Begriff der Science fiction nicht erst Ende der zwanziger Jahre unseres Jahrhunderts geprägt? Zweifellos. Der amerikanische Magazinherausgeber Hugo Gernsback rief ihn ins Leben, um damit den aus heutiger Sicht etwas albern anmutenden Ausdruck *scientification* ein bißchen aufzumöbeln. Und dies ist ihm gelungen, denn mittlerweile – so darf man hinzufügen – ist die Science fiction zu einem festen Bestandteil der Literatur der westlichen Welt geworden, und auch im Ostblock existiert ein Pendant, das als »wissenschaftliche Phantastik« eben im Begriff ist, weitere Kreise zu ziehen.

Dabei ist die Science fiction aber keineswegs eine amerikanische Erfindung. Ihre Tradition reicht noch viel weiter zurück als selbst die Entdeckung des neuen Kontinents. Man findet sie – ansatzweise – schon in der phantastischen Reiseliteratur der Antike und des Barock, in der klassischen Utopie der Renaissance und der Aufklärung sowie (und hier erinnern wir uns wieder *Frankensteins)* in der Schauerliteratur der Romantik. Natürlich sind die Verbindungen indirekt und verborgen, und es führt sicherlich keine schnurgerade Linie von den ehrwürdigen Staatsromanen des Altertums zur neuzeitlichen Science fiction. Gewiß hat sie also von den ursprünglichen Intentionen heute kaum noch etwas vorzuweisen. Und doch besteht eine nicht von der Hand zu weisende Übereinstimmung in der Denkweise, in den Motiven und Requisiten. Nehmen wir beispielsweise den Flug zu den Sternen: er wird uns in den Überlieferungen beinahe aller Kulturen begegnen; in einem – zugegeben – meist religionsgeschichtlich stehenden Zusammenhang erleben die Helden ruhmreiche Aufstiege in den Himmel, wobei die Verhältnisse dort sich von jeher an denen der realen Erde messen. Somit treffen wir schon in alten Zeiten auf Merkmale, wie sie auch Brian W. Aldiss – obwohl ein entschiedener Gegner der auf alte Traditionen verweisenden Theorie der Science fiction – in seine Begriffsvorstellung dieses Genre mit aufnimmt: »Science fiction ist die Suche nach einer Definition des Menschen und seiner Stellung im Universum, die vor unserem fortschrittenen, aber verunsicherten Stand des Wissens bestehen kann, und sie wird charakteristischerweise im romantischen oder nachromantischen Stil geschrieben, wie er durch die *gothic romances* geprägt wurde.«

Damit ist unser Stichwort gefallen, und wir kehren wieder zur Schauerliteratur der Romantik zurück, die in Mary Shelleys *Frankenstein* ihren wohl würdigsten Vertreter hat. Es fällt auf, daß kaum ein Theoretiker der Science fiction diese literarische Strömung als ihren wesentlichen Ursprung leugnet, aber zahlreiche unter ihnen den Versuch, das Genre auf antike und klassische Autoren wie Platon, Lukian, Kepler, Bacon und Voltaire auszuweiten, als das verzweifelte Bemühen von Anhängern der Science fiction abstempeln, »ihre« Literatur aufzuwerten. (Natürlich ist das ein nicht zu übersehendes Moment, dennoch kann einschränkend behauptet werden, daß so renommierte Schriftsteller wie Wells, Stapledon, Carps, Skinner, Frayns und andere, bei denen es sich unzweifelhaft um Autoren der Science fiction handelt, noch immer Gesellschaftsfiktionen in der Tradition der Utopie boten oder Probleme soziologischer Art literarisch darzustellen versuchten.) Über den rein formalen Dichtungscharakter hinaus sind die Gothic Novel und die Science fiction auch durch ihre gleichermaßen ambivalente Einstellung zur Technik sowie eine starke Vorliebe für die Schattenseiten der Wissenschaft verbunden. Das ist es zudem, was das Eingangszitat aus dem Mund des von Menschenhand beseelten Monsters Frankenstein so programmatisch für die Science fiction macht. Ist sie nicht erschaffen, um uns die Greuel eines »Was wäre, wenn« zu demonstrieren? Und tut sie das nicht in der Hoffnung, der Mensch möge noch rechtzeitig in die verderbnisbringende Entwicklung eingreifen?

Schon aus diesen Fragestellungen läßt sich die Unmöglichkeit ersehen, die Science fiction auf eine Geschichte ihrer Themen zu reduzieren. Ein bestimmtes Milieu der Handlung ist allerdings in jedem Fall gegeben, manchmal mehr, manchmal weniger. Herbert W. Franke, einer der anerkannten deutschen Autoren auf diesem Gebiet, umreißt es so: »Science fiction beschäftigt sich hauptsächlich mit der Zukunft. Aber es gibt auch Zukunftsromane, die keine Science fiction sind. Und es gibt auch Science fiction, die in der Gegenwart oder in der Vergangenheit spielt. Wesentlich scheint zu sein, daß Science-fiction-Autoren sich nicht davor scheuen, technische Entwicklungen in den Mittelpunkt des Geschehens zu stellen. Es dürfte kein Zweifel daran bestehen, daß unsere Welt von morgen noch mehr als die Gegenwart von der Technik geprägt sein wird. Fachleute stimmen darin überein, daß diese Technik nicht wie heute vor allem physikalisch und chemisch ausgerichtet sein wird; vielmehr wird man es in einem heute noch unvorstellbaren Maße mit biotechnischen, psychotechnischen und soziotechnischen Prozessen zu tun haben.« Ohne Zweifel eine Änderung zur Science fiction, die in Betracht zieht, daß sie und die Utopie stets wechselseitig miteinander verbunden sind, denn beide sind zugleich Produkt und Spiegelbild ihrer Zeit, weil alle geschichtlichen Epochen ihre eigene Zukunft in Gestalt der herrschenden Vorstellung darüber haben, was auf sie folgt.

Schauen wir noch einmal zurück auf die Ursprünge der Science fiction, so kommen wir an einem Zeitgenossen Mary Shelleys nicht vorbei: Edgar Allan Poe. Er vereint in zuvor nie dagewesenem Maße den Dichtungscharakter der Schauerromantik mit einem überwältigenden ästhetischen Bewußtsein und makellosem psychologischen Scharfblick und nimmt im gleichen Zuge wesentliche Merkmale der ein halbes Jahrhundert später so benannten Science fiction in literarischer Meisterschaft vorweg. Besser als alle Theorie machen einige aus seinem erzählerischen Werk herausgegriffene Titel seine Patenschaft deutlich. In *Die Grube und das Pendel* erschafft er etwa eine in sich abgeschlossene Mikrowelt, in der technische Fakten im Wechselpiel mit der Psyche des Helden das Geschehen bestimmen. In *Die Tatsachen im Fall Waldemar* stehen parapsychologische Phänomene – heute ein nicht mehr fortzudenkendes Requisit der Science fiction – im Mittelpunkt einer ansonsten vollkommen rational aufgebauten Erzählhandlung. Und in seinem literarischen Hauptwerk *Die Erzählung des A. Gordon Pym* entwickelt Edgar Allan Poe schließlich den Prototyp eines aus dem klassischen Reiseroman stammenden Erzählmusters für zahlreiche Generationen von Science-fiction-Geschichten. Nehmen wir aus seinem und dem historischen Umfeld von Mary Shelley noch Robert Louis Stevenson, Mark Twain und E. T. A. Hoffmann hinzu, so haben wir tatsächlich schon einen Großteil aller Elemente der Science fiction beisammen. Edgar Allan Poes inhaltlichen und formalen Anregungen gesellen sich nämlich dann – neben Mary Shelleys Chronik vom Leben und Streben eines Homunkulus – in Gestalt der Hoffmannschen Automatengeschichten noch der »wissenschaftlich« fundierte Schauer der Gothic Romance bei, in Form von Mark Twains *Ein Yankee am Hofe König Arthurs* die Zeitreise und somit die Idee phantastischer Innovationen zum Zweck der Darstellung eines ernüchternden Tatbestandes sowie schließlich zu guter Letzt dank Robert Louis Stevensons *Dr. Jekyll und Mr. Hyde* das vielfach variierte und stets von neuem interesseheischende Science-fiction-Thema der aufgehobenen Identität. So und ähnlich ließen sich noch etliche Beispiele für das frühe Auftauchen von Merkmalen nennen, die wir später gebündelt in einem neuen Literaturbegriff wiederfinden werden.

Doch weshalb, könnte unser Kritiker nun einwenden, lassen sich diese Werke nicht schon als direkte Vorläufer der Science fiction betrachten? Was läßt eine geradlinige Entwicklung zu den heute üblichen Arbeiten auf diesem Gebiet nicht zu? Die Antwort bleibt unbefriedigend. Man muß auf ein allgemein herrschendes Einvernehmen darüber verweisen, daß die Schauerliteratur der Romantik in eben den Aspekten, die sie so sehr der Science fiction verdächtig macht, noch der Romantik angehört. Immerhin gilt sie aber schon – wie es ähnlich auch Friedrich Leiner und Jürgen Gutsch formulieren – als »Exponent eines literarischen Klimas, der recht anschaulich die Voraussetzungen für die Entstehung der Science fiction deutlich macht«. Gemeinsam ist der Schauerliteratur und der Science fiction nämlich das Element des Spekulativen und Imaginativen, also die phantastische Einbildungskraft, gemeinsam ist ihnen, daß eine gezielte Darstellung vereinzelter Abnormitäten stattfindet, die sich in einer Enklave innerhalb der normalen Welt befinden. Mit Hilfe dieses Verfahrens lassen sich nahezu autarke Welten entwerfen, deren Verbindung zum Gewöhnlichen und Alltäglichen in der Science fiction oft auf ein Mindestmaß reduziert ist, was um so überzeugender und aufsehenerregender ihre Eigengesetzlichkeit demonstriert. Themenmäßig handelt es sich meist um Erfindungen, Neuerungen, Entdeckungen, bemerkenswerte Ereignisse und scheinbar unsinnige Sachverhalte, die schließlich in den meisten Fällen doch rational erklärt werden können.

Manchmal bleiben das Geheimnisvolle und Unerklärliche allerdings selbst Gegenstände der Handlung. Dies wird an den Untergruppen der Science fiction, die sich inzwischen herausgebildet haben, am deutlichsten: etwa bei den Weird Tales. Der sicherlich bekannteste Vertreter dieser Richtung ist H. P. Lovecraft. Zwar ist sein Einfluß auf die Science fiction umstritten, aber dennoch zählt er wohl zu einem der heimlichen Mitbegründer des Genres, zumal es ihm hoch anzurechnen ist, daß er in seinem 1936 entstandenen Roman *Berge des Wahnsinns* das fiktive Erzählmuster aus Edgar Allan Poes *Die Erzählung des A. Gordon Pym* aufnimmt und unter extremen Auswüchsen der Phantasie das Erbe des Patenonkels der Science fiction wirksam in diese Gattung mit einbringt. Dennoch nehmen zwei Zeitgenossen H. P. Lovecrafts allgemein für sich in Anspruch, die Science fiction ins Leben gerufen zu haben: Jules Verne und Herbert George Wells. Und das nicht zu Unrecht, denn obwohl von unterschiedlichen Ansatzpunkten her kommend, handelt es sich bei diesen beiden doch um die ersten Schriftsteller, die »wissenschaftlich« fundierte Zukunftsgeschichten schrieben. Während Jules Vernes Prophezeiungen dabei im wesentlichen auf technische Neuerungen wie Flugzeuge, Raketen und Unterseeboote beschränkt blieben und sein Schaffen noch deutlich an die Tradition der Abenteuerliteratur anschloß, ging es H. G. Wells eher um den gesellschaftlichen Fortschritt respektive das Schicksal der gesamten Menschheit. Die Romane beider Autoren enthielten so manche Gegenstände und Themen, die inzwischen zum Standardinventar der Science fiction gehören: Zeitreisen und Raketenfahrten, Begegnungen mit extraterrestrischen Wesen und degenerierten Nachfahren des Homo sapiens, Invasionen und Weltkriege. Unter dem Einfluß vornehmlich von Jules Verne und H. G. Wells entstand somit eine eigenständige Tradition der Science fiction, die ihre Verwandtschaft mit der Utopie und Schauerliteratur, dem Abenteuerroman und der Reiseerzählung deshalb allerdings nicht zu leugnen braucht.